SV

Karl Krolow

# Im Diesseits verschwinden

## Gedichte aus dem Nachlaß

Herausgegeben von
Peter Härtling und Rainer Weiss

Mit einem Nachwort
von Peter Härtling

Suhrkamp Verlag

Satz: Hümmer GmbH, Waldbüttelbrunn
Druck: Nomos Verlagsgesellschaft, Baden-Baden
Printed in Germany
Erste Auflage 2002

1 2 3 4 5 6 – 07 06 05 04 03 02

# Im Diesseits verschwinden

# Wörter kommen zu Wort

S. Unseld zum 28. 9. 98

Manchmal gibt es noch Schätze:
Wörter kommen zu Wort.
Die unentdeckten Sätze
harren in einem fort,

warten nur auf das Finden
wie sie verlauten und wie
sie leben vor ihrem Verschwinden
in der Wörter-Agonie.

Eigentlich nie geheuer
waren sie lebenslang,
lebten vom eigenen Feuer,
das aus den Silben drang.

# Leichtigkeit

Wie aus der Luft gegriffen –
Leichtigkeit, nur ein Hauch
wie durch die Zähne gepfiffen
ein heimliches Lied oder auch

so wie ein Handauflegen
auf fast nichts, das atmet und lebt
in einem leichten Sich-Regen
oder das in Zärtlichkeit bebt.

Leichtigkeit – löst sich nicht schon
im Hinsehn die Wolke auf?
Ist sie nicht schließlich der Lohn
für einen Lebensverlauf? –

## Lange merken wir nicht

Lange merken wir nicht,
wie wir zugrunde gehn:
Es ist das alte Gesicht,
auf das wir uns gut verstehn,

wie es lächelt und lebt,
als gelte es so für immer,
und wie es die Wimpern hebt,
und dieser Augenschimmer.

Aber im Kopfe ist
es manchmal anders: er spürt
diese gesetzte Frist,
die hin an das Ende führt.

# Eigentlich ein Leben

Was eigentlich hat sich gelohnt?
Was geschah, was blieb ungeschehn
und was hat man eingesehn?
Bleibt denn ein Leben verschont?

Fragen, an niemand gerichtet
als an sich selber allein.
Was eigentlich sieht man ein?
Auf wieviel hat man verzichtet?

Auf viel oder wenig: wer will
das eigentlich noch wissen? –
Aber wie hingerissen
konnte es sein und wie still?

## Vom Verschwinden

Wen alles wird man vermissen?
Weniger als man gedacht. –
Die mit dem reinen Gewissen
geben auf Anderes acht.

Die mit den vielen Bedenken
haben genug zu tun,
niemanden zu kränken,
gehen in unsichern Schuhn.

Verschwunden bleibt doch verschwunden.
Und was im Verschwinden ist,
zeigt nicht gern seine Wunden: –
eine letzte Lebens-List.

# Tun und Antun

Vom Tun bis zum Antun ein Schritt
nur, mit dem alles endet,
so wie man den Kopf kurz wendet,
wie verführerisches »Komm mit«.

Man sah einander an.
Und plötzlich war's wie Gewalt.
Keine Fäuste werden geballt,
wenn man nicht mehr weiter kann.

Es ist dieses Würgen im Hals
und wie ein stilles Ersticken.
Man hat Furcht vor fremden Blicken,
spürt bitter das Tränensalz.

# Wandspruch
(Was übrig bleibt)

Zählst an den Fingern ab,
was übrig bleibt:
Außer dem Grab: –
Was du dir einverleibt
an Siebensachen und
von der Hand in den Mund
ein Papperlapapp.

# Was man noch eben gesagt

Was man noch eben gesagt:
wie lange wird es geglaubt,
wenn's nicht der Atem raubt
und am Gewissen nagt?

Doch das Gewissen ruht
sich ganz vom Gewissen aus
und für das Atmen ist's gut,
nicht zu stocken vor Graus.

Was du noch eben getan:
ist es auch wirklich geschehen?
Staunend sieht man dich an
und lieber sieht man dich gehen.

## Die Antwort

Es sind die vielen Fragen,
die ohne Antwort bleiben,
die sich zuweilen jagen
und mir die Zeit vertreiben,
die sich mir einverleiben.
Ich will die Antwort wagen:
Ich werde weiterschreiben.

## Zur Liebe taugen

Man kennt sich zur Genüge.
Man sieht einander an –
die nahen Atemzüge,
die schöne Lebenslüge,
ziehn immer noch in Bann.

Und bei geschloss'nen Augen,
wie es dazu gehört
und noch einmal betört,
mag man zur Liebe taugen,
ist nicht wie sonst verstört,

wenn es um etwas geht,
das unbeschreiblich ist
und das nach kurzer Frist
schon in Verdacht gerät,
als bloße Lebenslist
das Leben nicht besteht.

# Ich denke manchmal

Ich denke manchmal: nie wieder
das Eine wie das Andre.
Mit meinen Fingern wand're
ich durch die Luft, spür die Glieder
als fremde nur noch; doch auch
einen fremden Atem als Hauch
von etwas, das macht mich nieder.

Ich denke manchmal: was bleibt,
ist dieser Haufen Papier:
ein Leben, das sich beschreibt.
Und wer sich die Hände reibt,
den mißverstehen wir –
er hat sich nur einverleibt,
daß garnichts übrig bleibt.

# Oktober

Oktober. Die Sonnen-Minuten
über Eisenhut, Balsaminen.
Im farbigen Licht verbluten
die Tage, die Licht verdienen

anstelle längerer Schatten,
die auf Gesichter fallen,
die sich versehen hatten
an späten Rosen und allen

Blüten – gebrochen die Farben
Rosa und tiefes Blau. –
Schon jetzt weißt du genau,
wie unversehens sie starben.

# Daß ich fassungslos bleibe

Daß ich fassungslos bleibe,
spüre ich immer mehr,
ahnungslos auch beileibe,
wenn – wie von ungefähr –

um mich sich alles wandelt,
was ich seit langem gekannt:
nun wie ein Fremdes handelt,
wie feindlich, unter der Hand.

Traue ich meinen Augen
noch etwas anderes zu
als noch einmal – (wie) im Nu –
zu Besserem zu taugen?

# Schließlich

Schließlich: was war erheblich?
Doch nicht die Handvoll Papier:
Füllte es sich nicht vergeblich
mit Worten? Was wissen wir

von Worten? Sie stellen Fragen,
die ohne Antwort bleiben
oder die nichts besagen
und ihren Mutwillen treiben.

Schließlich: was bleibt erhalten
von dem, was aus Händen fällt?
Was bleibt in aller Welt:
sie läßt den Zufall walten.

# Immer das alte Lied

Immer das alte Lied:
Wie alles angefangen,
kalte, dann heiße Wangen,
wie alles ausgegangen
und was danach geschieht.

Genug beschrieben und
mit der Hand, mit dem Mund:
das alles war recht
wie am Ende der Schrei
oder weiter und weiter:
das alles war echt
und gar nicht so heiter.

Und lange vorbei.

# Politisch Lied
(Ach, wie ist's möglich dann)

Wo fängt die Freiheit an,
die man sich nimmt
und wie ist's möglich dann,
daß nichts mehr stimmt?

Was tut der Freiheit gut –
Demokratie?
Und mit gehörig Mut
für einen Fingerhut
da schafft es sie,

daß man beinahe schon
als den gerechten Lohn
von ihr spricht. Doch wie

ist es möglich dann,
daß man von ihr
auch wieder lassen kann?
Fängt andres Leben an?

Dies fürchten wir …

## Brauchen

to whom it may concern

Ich sagte, ich brauche dich.
Ich hör es mich wieder sagen
wie in vergangenen Tagen
geht es um dich und mich.

Um wenig geht es mehr
in einem langen Leben.
Ich setze mich noch zur Wehr.
Es gilt nicht aufzugeben.

Wie soll ich es anders nennen:
lebte ich nicht zu lange?
Es ist ein besond'res Verbrennen.
Mir ist um nichts mehr bange.

# Komm durch die offene Tür

Komm durch die offene Tür.
Vielleicht wirst du erwartet.
(Einiges spricht dafür,
daß etwas abgekartet.)

Oder man wartet bloß
auf dieses Zeitvergehen.
Immer ist etwas los,
auch ohne jedes Geschehen.

Komm durch die offene Tür.
Am Ende wirst du erleben:
Du erwartest über Gebühr.
Es gibt kein Augenheben.

# Hinter der hohlen Hand

Hinter der hohlen Hand
fällt es nicht schwer, zu heucheln
und einen Rest von Verstand
beliebig mit Worten zu meucheln

oder nur schön zu tun,
als wäre man seiner sicher,
sich von der Welt auszuruhn
mit heimlichem Gekicher

oder mit Worten, wie
aus dem Jenseits genommen
ohne Verstehen, die nie
wieder zu Worte kommen.

## Unter der Kopfhaut

Unter der Kopfhaut dieses
plötzliche Skalpgefühl: –
bleibt nur der Kopf dabei kühl,
jenseits des Paradieses,

ist er noch zu gebrauchen,
wenn er von wenig weiß
und kann noch untertauchen,
will nicht um jeden Preis

bei dem Verstande bleiben,
der ihm am Ende geschenkt.
Leben ist Kesseltreiben:
Was heißt es schon, daß er denkt

und daß er hingerissen
von diesem Leben war. –
Heute ist offenbar,
will er von nichts mehr wissen.

## Noch sehe ich ins wolkenlose Licht

Noch sehe ich ins wolkenlose Licht.
Noch lebt ein andres Leben neben mir
und will von diesem Leben geben dir:
begreife es oder begreif es nicht.

Noch seh ich wie für immer das Gesicht
der Liebe ohne Alter, das von hier
in andre Zeit reicht, ohne Not und Gier
und staune, wie das Leben, dicht an dicht,

gelebt wird, ganz wie ein für allemal –
als hätte Dasein keine andre Wahl.

## Vorbehalt

Was ich vergessen hab,
treibt mich nicht um,
und je besessen hab,
macht mich jetzt stumm,

macht einen Mann aus mir,
der's nicht begreift,
daß zwischen mir und dir
sich längst versteift,

was selbstverständlich war –
offenes Wort.
Es gelten Haut und Haar
nicht weiter fort.

Es wechseln Tag und Nacht
nun anders. Bald
bleibt eins nur ausgemacht:
der Vorbehalt.

# Umgang

Hast du mich, hab ich dich
nicht schon einmal umgebracht
oder was man nur so nennt
sei's am Tage, sei's bei Nacht.

Es geschah wie nebenbei
und geschah wie ungeschehn,
jedenfalls von Unschuld frei:
schon beim Kommen, kurz vorm Gehn.

Hast du je davon gehört?
Umgang ist das rechte Wort:
Und wer sagt schon: was betört,
hört sich manchmal an wie Mord.

# Anstand

Anstand – man hört es nicht gerne –
sei für DIE unter uns gemacht,
die auf Leben sehn wie von ferne,
von guten Geistern erdacht.

Aber die Geister sind
von Mal zu Mal erfunden.
Leben ist geisterblind.
Was bleibt, sind Stunden um Stunden.

Über und unter den Tischen
Anstand auf eig'ne Gefahr.
Leben – im Trüben fischen:
anstandslos umtauschbar.

# Kein Tag kommt je zurück

Man hat am ehesten Glück,
wenn man an garnichts denkt.
Man bekommt etwas geschenkt:
es kommt der Tag zurück,

an dem man ein Anderer war:
man lebte auf eig'ne Gefahr,
war noch durch nichts gekränkt.
Es ging noch um Haut und Haar,
bis man es dir eingetränkt,
dich auf's Weiterleben beschränkt,
im Verlieren, Stück um Stück,
und kein Tag kommt je zurück.

# Verschwinden I

Wie ein Verschwinden beginnt:
was ist daran zu verstehn?
Ist man nicht längst schon blind,
das meiste einzusehn?

Wer sieht noch, wie nach und nach
sich eine Spur verwischt,
wie's herunterging den Bach,
fremdes Augenlicht erlischt?

Verschwinden läßt sich Zeit,
wie der Tod hat es Geduld.
Es ist nicht seine Schuld,
wenn es heißt: es ist soweit.

## Verschwinden II

Leben – im Diesseits verschwinden.
Mitten im Leben sein
und sich zu nichts überwinden.
Man verschwindet dann von allein,

ohne es gleich zu spüren,
daß es ein Fortgehn ist
noch bei geschlossenen Türen: –
eine besondere List,

Dasein im Dasein zu wenden.
Nichts ist davon zu verstehn
an dem besonderen Gehn:
mitten im Leben zu enden.

# Zähle bis drei

Zähle bis drei und du bist deiner sicher,
daß du dich diesmal endlich nicht verzählst.
Das Einmaleins bleibt ernst. Und kein Gekicher
gibt's, wenn du das Kleine als das Sich're wählst.

Ein Dutzend zähl: du kannst die Welt verstehn.
Noch besser zähl die Finger deiner Hand.
Das bringt beim Zählen nicht um den Verstand.
Es sind noch allemal die alten zehn.

Noch bringt das Zählen nicht vom Glauben ab.
Es gibt die Glückszahl: denk an Glück und Glas.
Wer höher zählt, dem ist kein Papperlapapp
die Zahlenlehre des Pythagoras.

# Man ist verletzbar

Man ist verletzbar
vielleicht
weil man weiß –
man ist ersetzbar.
Es reicht
eine Kleinigkeit:
man zahlt einen Preis.
Jeder weiß:
man war für zu vieles bereit.
Man ist es jetzt leid.

# Die leichte Hand

War sie nicht eben noch leicht,
meine Hand? Ich fühle sie nun
schwer in der anderen ruhn.
Wie ich es spüre: nichts gleicht

mehr dem andren, dem leichten Sinn,
der gern mit sich reden läßt.
Ich halte an nichts mehr fest
und nehm das Vergängliche hin.

War sie nicht eben noch leicht,
die schon im Verschwinden ist,
die übers Gesicht dir streicht,
weil du ihr ähnlich bist?

## Wer sagt schon: ich gebe auf

Wer sagt schon: ich gebe auf,
wenn es ums Ganze geht:
man nimmt sich selber in Kauf,
wie immer es mit einem steht,
eh einer den Hals umdreht,
es ist dafür nie zu spät
im üblichen Lebensverlauf;
denn das Leben, als späte Rache,
macht das Ganze zur halben Sache.

# Nie geht sie auf: die Gleichung

Nie geht sie auf: die Gleichung
Leben, zu lange verschont: –
eine Gehirn-Erweichung.
Was hat sich schließlich gelohnt?

Wenn es biblisch wird mit den Jahren
und man glaubt es noch immer nicht,
wird man es bald erfahren.
Schon übt man sich im Verzicht.

Schon spürt man: es geht nicht weiter
und ahnt einen schlimmen Beginn,
ist schließlich immer bereiter.
Zuletzt nimmt man nur noch hin.

## Und

(Loblied vom Weiterbringen)

Lobe das Kunterbunt,
in dem die Welt sich dreht,
denk an das schlichte UND,
mit dem es weitergeht

über den Satz hinaus,
in dem es hilfreich steht,
eh ein Zusammenhang
jäh vor die Hunde geht.

Lobe, was unbemerkt
– als wär's nicht da – gelingt,
wie es die Logik stärkt
und alles weiterbringt.

## Des Tages Zeit

Bis zum Abend ist ein Tag zu lang.
Vom Augenblick zum nächsten: was geschieht?
Und es wird im Augenblick schon bang,
wer die Stunden leicht verschwinden sieht.

Wie ein schneller Atem, der vom Mund
eines Andern, eines Fremden geht
überkommt ein Ängsten ohne Grund
den, der sonst aus keiner Furcht besteht.

Ist das Zeitvergehn aus sich schon das,
was des Tages Zeit bedenklich macht.
Hat die Angst zuweilen noch vor Nacht
ihren Grund in mehr als irgendwas.

# Unschuld I

Unschuld muß nichts
mit Wahrheit zu tun haben.
Sie ist ohne ihren Eifer,
wenn sie still hält
und glaubt, was ihr gesagt wird:
daß sie für immer jung ist,
wenn sie sich umsieht,
um zu staunen,
wie etwas unterbleibt.
Ihr fehlen die Worte
für Verdacht.
Sie merkt nicht,
wie sie ins Altern kommt.
Ihr fehlt das Reimwort
für Leben.

# Unschuld II

Sie zeigt, was man sonst nicht zeigt.
In aller Unschuld, sagen die Leute.
Sagen es sittlich:
die Zähne ohnehin
und was unter Ausnahmen fällt.
Sie lebt mit offenem Mund,
sprachlos,
hat den anderen Stoffwechsel:
Gutwilligkeit;
empfindet immer wie zum erstenmal,
was Glück ist
oder ein Augenwink.

## Unschuld III

Am liebsten sieht sie zu.
Dieses Lächeln, das nichts zu wissen braucht.
Es nimmt der Zufall sie beiseite.
Arglos lebt sie ihrem Ruf nach,
der zum Glück durch nichts gesichert,
nicht Pflicht noch Schuldigkeit
bei aller Schuld der Welt.

# Leicht

Nicht einmal hinterher weiß man,
daß es Leichtigkeit war:
Gelingen bleibt immer beim Hörensagen.
Noch ein Lufthauch
könnte Gewicht annehmen.
Atmen ist dagegen etwas,
das schwer fallen kann,
Atem der Lust,
der fliegende Zornesatem.
Ein Winken von weitem
ist leicht in der Luft.
Ein Augenwink genügt dem Leichtsinn:
alles wäre ohnehin umsonst gewesen,
anders umsonst, als wenn der Glücksfinger
in Märchen eintaucht
und schwerelos wird.

## Konditional

Was alles läßt sich vergessen:
es lohnte sich nicht.
Man besaß oder wurde besessen.
Man schonte sich nicht.

Man nahm oder ließ sich nehmen.
Man nahm sich, wie es sich fand,
oder suchte nach einem bequemen
Grund, wenn man unter der Hand

sich dies oder jenes erlaubte.
Dies oder das stand zur Wahl,
an das man am Ende glaubte.
Der Rest blieb konditional.

## Ein Leben in der Verkleidung

Ein Leben in der Verkleidung,
wie sie nicht jedem gefällt,
sei es auch nur zur Vermeidung
einer Gewissens-Entscheidung
in ungewisser Welt,

einer Welt, wie sie noch eben
eins wie das Andre versprach.
Und manche leben danach
ihr ungewisses Leben.

Sie haben ihr Atemholen
und damit gottbefohlen.

## Verschwinden
(Nimm das mit)

Nimm das mit in die bleibende Verwirrung: –
die letzte Fehlentscheidung,
die Zirrhose des Gedächtnisses,
laß den Computer aus dem Spiel
bei der Abrechnung mit dir.

Nimm das mit: –
ein geblümtes Kissen für den Schaukelstuhl,
als Lektüre die Gebrauchsanweisung
für das falsche Medikament,
nur ein Viertelstündchen Besinnung,
ganz ohne den Schweißgeruch der letzten Angst
laß dir die letzten Flötentöne beibringen.

Nimm das mit: –
das Lippenrot erbarmungsloser Liebe,
ein Stuhlbein, um dich doch noch zur Wehr zu setzen.
Nimm das alles mit und
laß mich Zuschauer sein
bei deinem Verschwinden.

# Behalt's für dich

(Volksliedart)

Hast du was auf dem Herzen:
Behalt's für dich.
Mit wenig ist zu scherzen
und sicherlich

wäre es kein Verschweigen
und nicht nur klug.
Es bliebe wohl dein Eigen.
Dies wär genug.

Denn auf das Wortemachen
kommt es nicht an:
Käm zu den Siebensachen,
die man vermeiden kann.

## Die Melodie

Wie es ihr winkte, wie
man sich dann wiedersah: –
du kennst die Melodie,
ein Kinderlied beinah,

von Lippen hingesummt,
ist sie so kinderleicht,
wie sie zu Kopfe steigt,
im Kopf nicht mehr verstummt

als Lied so liebesnah,
die rechte Melodie,
eh man sich wiedersah.
Komm nur und höre sie.

## Gedächtnis

Ein Von-Sinnen-Geraten
liegt manchmal in der Luft.
Und der ist schlecht beraten,
der Taten und Missetaten
begräbt in derselben Gruft:

Gedächtnis geheißen. Von Sinnen-
Geraten ist wohl:
etwas im Wahn beginnen:
Ein Leben, wie Alkohol

gelebt, mit wahnhaften Zügen
und im Kopf schon die Missetat. –
Die über Gedächtnis verfügen
wissen wohl besseren Rat.

# Achtzeiler

Zu viel wär übertrieben.
Zu wenig: wenig wert.
Und was ich aufgeschrieben,
was ich verdammt, verehrt,
ist schließlich aufgezehrt.
Nichts ist davon geblieben.
Was bleibt, sind leere Hände:
so geht die Zeit zu Ende.

## Offenes Fenster

Ein Blick aus dem offenen Fenster
und es streicht die Luft vorbei.
Draußen gehen Gespenster.
Es ist schließlich einerlei,

ob es Menschen sind oder Leute
von einem anderen Stern,
wie man sagt. Denn gerade heute
mag man sie alle gern.

Die Luft ist wie geschaffen,
um den Zufall zu genießen.
Schon hat man genug vom Gaffen,
um das Fenster wieder zu schließen.

# Aber es gab dieses Licht

Manchmal hat man es doch
bis in die Fingerspitzen
dieses Bewußtsein sitzen,
spürt man: ich lebe noch.

Oder wie sagt man es besser?
Manchmal ist's doch ein Fluch.
Man spürt sich schon unter dem Messer
und hatte nichts als genug.

Aber es gab dieses Licht
aus anderen Augen, dies Leuchten.
Es galt dir. Du begriffest erst nicht.
Ich seh deine Augen sich feuchten.

# Licht

Als bliebe es so für immer:
das Licht und wieder das Licht,
wie es leuchtet in jedem Gesicht,
leuchtet mit einem Schimmer

aus einer helleren Welt
als der uns'ren mit ihrem Dunkel:
Licht, das mit seinem Gefunkel
die irdischen Schatten erhellt,

noch einen Abschied wie Sterben.
Es leuchtet als Überleben.
Ich seh es, sehe sein Schweben
über allen irdischen Scherben.

## Zuerst ein leichtes Frieren

Zuerst ein leichtes Frieren
und wie besonderer Frost
des Innern – ein Riskieren:
das schmeckt nach einer Kost,

die nicht leicht zu vertragen,
wenn man sie zu sich nimmt.
Es geht um Kopf und Kragen,
denn irgend etwas stimmt

nicht, was lebenswichtig.
Fühlt man sich nicht benommen? –
Was alles wurde nichtig.
Es ist wie ein Verkommen.

## Sonderbar

Was ist nicht kunterbunt,
zuletzt auch sonderbar:
Vieles kam auf den Hund,
was einmal einfach war.

Das Einfache gewohnt,
ist's kompliziert genug: –
Mein Leben blieb verschont,
zuweilen Selbstbetrug.

Und was man von ihm hält:
Das Sonderbare blieb.
Sonderbar, daß ich schrieb,
von niemandem bestellt,
(und manchem sogar lieb.)
sonderbar vor der Welt.

# Zeitverstreichen

Es ist ein Zeitverstreichen –
unmerklich ein Verlust.
Es werden immer die gleichen
Fehler – bewußt, unbewußt –

gemacht von den gleichen Leuten.
Sie merkten's oder merkten es nicht.
Daß sie nicht einmal bereuten,
stand ihnen nicht zu Gesicht.

Zu selten zeigen Gefühle
sich noch auf Gesichtern an
Es herrscht die bekannte Kühle: –
sie belegt sie mit einem Bann.

## Leben

Kommen und Gehen: ein Leben.
Was sonst ist damit gemeint: –
Nichts, das vergänglicher scheint,
Zufällen preisgegeben.

Leben wie unter der Hand
oder wie nebenbei:
nichts ist ihm einerlei.
Leben, das in sich verschwand

oder wie in sich gekehrt.
Leben, das Leben verzehrt.

## Was alles man verbeißt

(spruchhaft)

Die Mundwinkel geschlossen,
was überhaupt nichts heißt.
Die Tränen, die vergossen,
vergißt man allermeist.
Was alles man genossen,
halb schüchtern und halb dreist,
was alles man verbeißt: –
Am Ende waren's Possen.

## Wort für Wort

Dasselbe in einem fort:
Hält man das aus und wie lange?
Mir ist vor den Worten bange.
Es gibt keinen richtigen Ort

für sie mehr, wo sie gelten,
es sei denn im Nirgendwo.
Verstanden werden sie selten.
Aber war es nicht immer so,

daß Worte ihre Geschichte
haben; in einem fort
gehen sie auch zunichte:
das gilt wohl Wort für Wort.

# Im Umgang

Im Umgang heißt es wohl so:
Sitzen auf heißen Kohlen.
Nichts brennt gleich lichterloh.
Es ist wie ein Gott befohlen.
Die bekannten heißen Kohlen
brennen noch irgendwo.

Wenn man unter den Leuten
lässig ins Reden kommt.
Was kann das schon bedeuten?
Man weiß, was dem Einen frommt
oder was ihm gar teuer,
ist dem Nächsten schon nicht geheuer.
Er wärmt sich an anderem Feuer.

## Was übrig bleibt

Was bleibt uns? Etwas zu kritzeln.
Am Ende hat man genug.
Ich höre die Anderen witzeln:
Schreiben ist Selbstbetrug.

Manchmal denke ich heute:
die Leute haben doch recht
sind mehr als eine Meute
die sich zu reden erfrecht

über etwas, das selber weiß,
wie trügerisch alles ist,
das längst schon die Wahrheit ermißt:
was übrig bleibt: kalter Schweiß.

# Worte wie Abenteuer

Übrig geblieben sind Worte.
Sie gehen im Kopf herum,
bringen sich selber um:
Gespenster am tödlichen Orte

Gehirn, sind oft wie versessen
auf das, was sie widerlegt,
Bedeutungen zu vergessen
oder wie man zu sagen pflegt:

Worte wie Abenteuer
sind – wie sie KOMMEN UND GEHN –
sich selber nie ganz geheuer:
bis auf Worte, die widerstehn.

# Gefühle

Manches wird nicht vergütet:
Mitleid ist von der Art,
daß manches sich wohl hütet,
es zu zeigen, sich verwahrt,

solche Gefühle zu haben,
bei denen es sich nicht lohnt
weil sie zu ungewohnt. –
Sich an Gefühlen laben

könnte man nebenbei.
Manchem ist's einerlei.
Die sich besser darauf verstehen,
bekommt man nur selten zu sehen.

# Was geht noch unter die Haut

Was geht noch unter die Haut?
Wer so fragt, weiß oft selber Bescheid.
Aber irgendwer war ihm leid.
Man fühlte sich manchmal durchschaut.

Es ist wie das Entblößen
des Inneren, und man sieht,
was im Verschweigen geschieht.
Es ist wie Furchteinflößen,

zur gleichen Zeit durchtrieben,
fühlt man sich so behandelt,
als hätte sich alles gewandelt
und als wäre nichts geblieben.

# Zeitverstreichen

Immer wieder das Zeitverstreichen
wie ein Überleben erspüren.
Noch gilt es, die Hände zu rühren.
Aber man spürt schon im gleichen

Augenblick manchmal den Schimmer
des Andren als Lebenszeichen.
Doch ist es schließlich nicht immer
wie die Ahnung vom Steinerweichen:

Große Worte. Und ausgesprochen,
das Spüren: man muß für sie zahlen,
als hätte man etwas verbrochen,
das besser nicht auszumalen.

# Allein mit den Worten

Allein mit den Worten: allein.
Sie lassen auf garnichts sich ein
und haben von dem, der sie braucht,
genug, sind wie untergetaucht.

Doch zugleich sind sie da
auf eine bestimmende Weise.
Ihre Gegenwart ist leise,
aber wie körpernah.

Und so ist ihr Umgang mit denen,
die glauben, Bescheid zu wissen,
die manchmal wie hingerissen
sich nach den Worten sehnen.

# Wie für immer

Kaum zu glauben: zuweilen
ist einiges wie für immer:
eine Liebe, ein Augenschimmer.
Manchmal genügen die Zeilen

eines Briefes, den jemand geschrieben,
den man einmal meinte zu lieben.
Was bleibt für immer: Geruch
einer Haut, ein seidenes Tuch.

Fast nichts, fast alles: die Schatten
von Leben, von Augenblicken,
die das Besondere hatten:
sie hörten die Ewigkeit ticken.

# Was zugute kommt

(liedhaft)

Wie der wechselnde Himmel,
wie der wechselnde Mut
mitten im Lebensgewimmel
kommt einem vieles zugut:

alles, was einem lieber
als das Gewohnte ist.
Es kommt als ein heimliches Fieber
und hält sich an keine Frist.

Es hat immer andere Namen,
von niemandem ausgedacht,
die uns zugute kamen,
manchmal wie über Nacht.

## Sinn und Verstand

Was läßt sich noch verwenden?
Was fällt uns nicht aus der Hand?
Es geht um kein Lebens-Verschwenden,
sondern längst um Sinn und Verstand.

Es ging nie um bloße Verwendung:
die läßt man am besten sein.
Es gehörte zur Lebensverschwendung:
man schlug in ihr kurz und klein,

was man aus Gründen haßte
oder grundlos, doch irgendwie,
wie das Leben es uns verpaßte: –
Daß es Folgen gibt, dachten wir nie.

# Abgekartet

Worte enden im Zischen
von Vokal und Konsonant. –
Manch einer, der es verstand,
dabei im Trüben zu fischen,

hatte Gelegenheit,
zu tun oder zu lassen,
was nicht in Worte zu fassen;
für vieles war es soweit

und man tut, worauf man gewartet, –
aber mancher ist fassungslos:
Was ist mit den Worten bloß?
Was ist hier abgekartet?

## Ein Satz

Ein Satz: zwischen Anfang und Ende
kann genug in ihm geschehn.
Worte sind manchmal behende,
noch wenn sie im Buche stehn.

Zwischen Anfang und Ende ein Leben,
auf einen Satz gebracht.
Ein Satz als ein Antwortgeben
und um so lieber gemacht.

Ein Satz, eher hingesprochen,
nebenbei, als gäb es ihn nicht,
läßt plötzlich die Worte kochen,
läßt sie schäumen in ihrem Gewicht.

## Verzeihen

Was ist nicht alles verzeihlich;
ein Verzeihen ohne Grund.
Man hatte es plötzlich eilig.
Und wie von der Hand in den Mund

läßt man sehen, wie es geht.
Zugleich die gewisse Hast,
als hätte man etwas verpaßt
und wüßte nicht, wie es steht.

Alles wirkt sonderbar,
und was das Verzeihen betrifft:
Es ist ein besonderes Gift
und wie tödlich um ein Haar.

## Weiterleben

Weiterleben; das heißt,
nicht mehr die Worte finden
für's weitere Leben-Schinden
oder was allermeist

für's Überleben gilt:
nichts als ein Achselzucken,
ein Auf-den-Boden-Spucken:
für Verachtung das rechte Bild

anstelle von Worten, die taugen:
sie verloren ihren Sinn.
Du verlierst eine Welt aus den Augen:
heißt es doch: hin ist hin.

## Nichts und wieder nichts

Für nichts und wieder nichts
braucht man die Worte erst recht.
Sie entbehren des Gewichts
– Geschöpfe des Wortverzichts –
und schon zum Schweigen gerecht.

Wer sie braucht für das Worte-Machen,
weiß über sie Bescheid.
Er ist es inzwischen leid,
über die Worte zu wachen,

wie jemand, der ohnehin
weiß, daß – oft Wort für Wort,
Sinn oder Abersinn,
es zuweilen lauert wie Mord.

## Das Rote

Keine Farbe einer Partei
bringt dieses Leuchten auf: –
Nichts blieb mehr einerlei.
Die Welt nahm andren Verlauf.

Wer die Farbe nennt, meint das Rot.

Unter den Farben: Fanal.
Die Welt ist mit einem Mal
eine andre, wie ohne Tod,

wenn auch Tödliches geschieht
und dieses zu jeder Zeit.
Das Zeichen Vergänglichkeit
ist das Ende von jedem Lied.

## Terzinen
(Seien wir endlich ehrlich)

Seien wir endlich ehrlich:
was alles wird schließlich entbehrlich,
als man es hinter sich brachte.

Was eigentlich war ergiebig.
Die Worte bleiben beliebig,
als man große Worte machte.

Es gab die wechselnden Stunden,
in denen die Zeit geschunden,
die man insgeheim verlachte.

Schließlich wußte man (alles) besser,
bis man selber unter das Messer
kam und nie mehr erwachte.

## Redewendung
## oder
## Stecken und Stab

Stecken und Stab: du weißt doch,
was alles wird redegerecht.
Du weißt, was du sagst: das heißt doch –
du weißt immer recht und schlecht.

Das gilt auch hier: doch du sagst es,
als wären Stecken und Stab
dir vertraut und also: du wagst es,
als gäb es kein Papperlapapp

und keine Redewendung,
der nicht gleich anzusehen,
wo die Worte als Verblendung
auftauchen und wieder vergehen.

## Liebesaugenblick

Ein Liebesaugenblick,
wie für immer verpaßt,
den man später noch haßt:
wirf den Kopf ins Genick

und denke: es war
doch nur ein Augenschein.
Lasse das Grübeln sein.
Denke, wie um ein Haar

alles ganz anders gekommen.
Und mit anderem Verlauf
hättest du andres in Kauf
wie selbstverständlich genommen.

## Die Antwort

Überfällig das meiste:
keiner vermag's zu sehn,
das heimliche Vergehn:
der Tod, der dich umkreiste.

Du spürst es im Gefühl
als tödlich, als Verderben.
Wer denkt gleich an das Sterben?
Der Kopf bleibt dabei kühl.

Doch sorgenvoll daneben,
hat anderes im Sinn,
denkt an das Weiterleben.
Nimm es als Antwort hin.

# Das rechte Wort

Man sollte sich nicht zieren
und eingestehn:
es geht um das Krepieren
wie aus Versehn,

doch lange vorbereitet,
wie lebenslang.
Niemand, der es bestreitet:
wie geisteskrank

will ich es einmal nennen:
Das rechte Wort
sollte man schließlich kennen.
(Und schweig so fort …)

## Manchmal

Manchmal höre ich nur,
wie's in der Stille knistert.
Ich schaue auf die Uhr.
Zeit ist mit Stille verschwistert.

Für mich ist es immer noch so,
wie ich die Uhr betrachte.
Doch manchmal wäre ich froh,
wenn Sie einen Anderen machte

aus mir. Aus der Zeit gerät
man schnell in meinen Jahren.
Ich habe genug erfahren,
daß es hieß: es ist zu spät.

## Auf und ab

Auf und ab sowieso.
Der nächste Augenblick
kommt nichts als schadenfroh.
Denke an dein Genick.

Und du spürst deinen Hals
gut für den nächsten Strick,
reif für ein Ungeschick
und locker jedenfalls.

Gut ist es, wenn man weiß,
wie es mit einem steht
und wie und zu welchem Preis
man vor die Hunde geht.

## Tralala

Vergiß nicht dein Tralala.
Man hält's für Lebenslust.
Wer macht sich schon bewußt:
Man ist zum Sterben da.

Reicht das zum Leben aus?
Du bist doch längst kaputt:
Abfall – ein Todesschmaus.
Lebensrest aus dem Schutt.

Gestern noch das Gestöhn:
Liebe war auch dabei.
Dem Tod ist es einerlei.
Sag jetzt schon dankeschön.

## Widerstehen

Zuweilen fragt man sich bloß:
lebe ich eigentlich noch
oder was sonst ist los
mit mir, meinem leeren Schoß?
Man erkläre mir endlich doch:

war alles ein Versehen,
daß ich den Kopf noch trage
durch meine späten Tage,
wie andere es verstehen?

Zuweilen schien alles beliebig.
Es gab weniges einzusehen.
Doch plötzlich war es ergiebig
durch einfaches WIDERSTEHEN.

# Übrigbleiben

Gelegentlich Händereiben.
Es gilt mir aus welchem Grunde?
Wirkt wie mit Satan im Bunde.
Gehört wohl zum Übrigbleiben.

Reicht nicht aus zum Komplott,
ist ohne Sinn und Verstand
und garnichts als allerhand
Unsinn. Kein lieber Gott

weiß zu helfen. Ich frage mich:
gibt es mich überhaupt?
Wer an Gespenster glaubt –
bringt er es über sich?
Und ist noch das Fragen erlaubt?

## Von drüben

Gut, von sich sagen zu können:
ich werde in Ruhe gelassen.
Manchmal ist's nicht zu fassen. –
Jedem die Ruhe gönnen.

Genughaben von der Welt
nach einem Menschenalter:
zuweilen nur noch ein kalter
Schauder, der einen befällt.

Täglich muß man sich üben.
Der Schauder: er kommt schon von drüben,
wie man sagt, aber man sagt es,
läßt es nicht zu und verjagt es.

# November

Winterjasmin: gelbe Blüten:
so tauchen sie auf im Grau,
im Dunstlicht, das sich hüten
muß, um nicht im Nebelstau

zu verkommen zur halben Nacht
am Tage. Man ist benommen,
sieht alles wie verschwommen:
fürs Augenlicht nicht gemacht

sind diese Augenblicke
eines überhellen Lichts:
eine Blendung und man sieht nichts.
Was danach wahrgenommen,
ist nur erneut verschwommen.

## Bei Licht besehn

Bei Licht besehn ist das meiste
plötzlich ganz anders da.
Das Entfernte wird uns nah
und einiges, das im Geiste

uns fremd, ist in Wirklichkeit
bereit, um uns zu dienen.
Man sieht es an einigen Mienen,
Und plötzlich ist es soweit:

Die Veränderung eines Gesichts,
ein Lächeln, das uns geschenkt
für nichts und wieder nichts
nun unsere Blicke lenkt.

## Laß mich so sein, wie ich bin

Laß mich so sein, wie ich bin.
Ich weiß schon, was ich sage.
Ich begehe meine Tage
zumeist im Widersinn

zu dem, was die meisten Leben
nennen oder auch Zeitverbringen.
Aber Zeit hat mit anderen Dingen
zu rechnen, als mir aufgegeben:

zu tun oder zu lassen
und schreiben und wieder schreiben,
dabei derselbe zu bleiben
und Leben nicht zu verpassen.

# Außer Sicht

Was man zu sehen glaubt: –
gerät es außer Sicht,
gibt es auf einmal nicht,
wie seines Sinns beraubt.

Was man vor Augen hatte,
ist dann wie aufgelöst,
so daß es Furcht einflößt,
zu sehn bleibt eine glatte

Fläche: das Nichts als Augenschein.
Man fürchtet ein Verschwinden,
hat sich zu überwinden.
Nie war man so allein.

# Ein Gesicht

Zuweilen weiß man nicht,
was hinter einigem lauert.
Es wird zu rasch bedauert: –
Wird man in einem Gesicht

erkennen, was alles es sah
oder nicht sehen wollte?
Es war denn dazu da,
daß man ihm Achtung zollte.

Man erkennt wohl seinen Wert
noch manchmal im Augenblitzen.
Und es gilt, was man verehrt
bis in die Fingerspitzen.

# Schreiben I

Was ist das eigentlich: Schreiben
und Weiterschreiben als Zwang?
Es ist wie am Leben bleiben,
das noch einmal im Schreiben gelang.

Ein unwiderstehliches Drängen,
genug ist auch hier nie genug
unter den Lebens-Zwängen,
die man gelassen ertrug.

Dies Gefühl: man ist noch am Leben,
das man nur noch schreibend erträgt
wie besonderes Antwortgeben,
das einen nicht widerlegt.

## Schreiben II

Ich bin am Leben. Ich schreibe.
Was alles verlor seinen Sinn?
Daß ich schreibend derselbe bleibe
und wie mitten im Leben bin,

im selben Leben, das ständig
sein Dasein bestätigen muß,
doch immer noch lebendig
geblieben. Und sein Schluß,

manchmal im voraus genommen,
bekommt sogar seinen Sinn.
Aber dies Ende mag kommen,
wenn ich mitten im Schreiben bin.

## Mundwerk

(statt Allotria)

Mundwerk: eine Maschine
zum Über-den-Haufen-Rennen
oder zum Mundverbrennen. –
Daß man es recht bediene

und mit der rechten Zunge,
dem fleißigen Zungenschlag:
wünscht einen tödlichen Tag: –

ist es erst recht im Schwunge,
hört es nicht wieder auf,
nachdem man etwas in Kauf
nahm, das sich als tödlich erwiesen.

Alles nahm Mundwerksverlauf ...
und keinen andren als diesen ...

## Die Warnung

Du spürst das Unterliegen:
ein tödliches Gefühl.
Zugleich eine Stimme, (die) kühl:
(warnt:) laß dich nicht unterkriegen.

Es ist die eigene Stimme,
die du plötzlich warnen hörst.
Du weißt, was du beschwörst.
Und mit verhaltenem Grimme

merkst du, die Warnung ist nutzlos.
Du hast dir nichts zu sagen.
Nichts ändert dein Betragen.
Du bleibst vor dir selber schutzlos.

## Zum eigenen Schutz

Hilflos auf eine Weise –
wer sieht es ihm schon an?
Gibt es dafür Beweise?
Noch ein erledigter Mann

zeigt, daß garnichts zu Ende
und daß er leben kann
wie sonst, daß er behende
geblieben und sich besann

auf alles, was ihm zunutze
kommt im Schreiben und Wiederschreiben.
So – hofft er – soll es bleiben,
und sei es zum eigenen Schutze.

## Die leeren Hände

Es war ein verstohlenes Winken,
zugleich ein geheimer Fluch,
ein in den Boden Sinken:
man hat von etwas genug,
das man als Leben ertrug,

das sich immer anders zeigte
und unberechenbar,
für Gefühle eine Gefahr,
weil es sie ständig erweichte
und dabei tückisch war:

einmal himmelhoch getrieben,
einmal der Hölle nah.
Indem man um sich sah,
war einem nichts geblieben.

Man sah auf seine Hände: –
sie waren leer am Ende.

## Sehen und wieder sehen

Sehen und wieder sehen –
wer schon die Tage zählt,
kann sie gelassen begehen,
hat im Verschwinden gewählt.

Wer jetzt Namen erwartet –
es geht um keine Namen,
die in Erinnerung kamen:
das klänge wie abgekartet.

Man denkt nur an Augenblicke,
die nichts als unbeschreiblich.
Sie hatten ihre Geschicke
und waren unausbleiblich.

## Außer Gefahr ist man nie

Außer Gefahr ist man nie.
Aber was heißt Gefahr?
Ein einfaches Händepaar,
das plötzlich tätig war,
wird tödlich irgendwie.

Es genügt die fremde Kehle
und damit gottbefohlen.
Kein Teufel braucht mehr holen
die mißratene arme Seele.

Auf immer leiseren Sohlen
kommt tägliches Verhängnis
und fördert die Vergängnis.

# Die Nichtigkeiten notabel

Die Nichtigkeiten notabel.
Und nichts mehr selbstverständlich.
Wenig ist reparabel.
Wer denkt noch an Unendlich?

Schon gar nicht die Philosophen:
Erst umgebracht vom Leben:
Dann folgen Katastrophen.
Wer will noch Antwort geben

auf Fragen, an wen gerichtet?
Was wird noch ausgestanden
und ist noch nicht vernichtet,
bleibt weiterhin vorhanden?

# Zwischen Menschen
(volksliedmäßig)

Manchmal wie unumstößlich
geht's zwischen Menschen zu.
Manches erscheint im Nu
als unauflöslich.

Nicht nur ein Liebesband,
wie es erscheint,
geht über den Verstand,
der nicht nur meint

und seine Meinung lebt
dazu mit gutem Recht,
der widerstrebt, lebensecht,
bis man auch ihn begräbt.

## Eine Schwäche, die cerebral

Eine Schwäche, die cerebral,
sich immer mehr verbreitet:
ein Taumel, der manches Mal
das Sterben vorbereitet –

ein bestimmtes Sterben im Kopfe
ein Gefühl, durchaus unbeschreiblich
beim An-die-Schläfen-Klopfen,
schon wie Ende unausbleiblich.

Ein Gefühl wie ein Verenden
und wie keine leibliche Last. –
Niemand kann es mehr wenden,
was du im Kopf hast.

## Schicksal

Die Verlassenheit: sie hat
ihr tödliches Arom.
Denk dir ein Karzinom
oder an seiner Statt

bedenke das Namenlose: –
Unglück, das sich verbreitet.
Niemand war vorbereitet.
Denk an die Metamorphose

des Todes: erfinderisch
dieses tödliche An-sich-Reißen.
Denk an den reinen Tisch,
der gemacht wird, Schicksal geheißen.

## Im Kopf behalten

Sich von den Lasten befreien,
die aus dem Kopfe kommen.
Man fühlte sich benommen.
Der Kopf kennt kein Verzeihen.

Es ist das Im-Kopf-Behalten,
ein Erinnern, eine Qual
und bedrohlich: jedesmal
mit anderen Gestalten,

die unsere Wege kreuzten
im Augenblick der Gefahr,
wenn nichts mehr geheuer war,
sich nur die Nase schneuzten.

## Sprache wie aus dem Schutt

Sprache wie aus dem Schutt: –
hör ich mich sprechen.
Was alles ging kaputt!
Wie zum Erbrechen

ist, was noch übrig blieb:
Wär's noch Gestammel
oder dem Teufel lieb:
doch dies Gerammel

Wort um Wort, Schlag um Schlag.
Nichts bleibt vermieden,
über den Jüngsten Tag
ist längst entschieden.

## Licht

Licht: diese alte Wonne.
Was für gewöhnlich heißt:
Gehe mir aus der Sonne.
Daß du die Wahrheit weißt:
So spricht kein heiliger Geist,

sondern ein So-und-so
und wie es gerade kommt.
Sei deines Lebens froh
dennoch und wie dir's frommt.

Zeige: du hast Gemüt.
Verlier die Fassung nicht.
Dein Gesicht, aufgeblüht
von dieser Wonne: Licht.

# Was zum Leben zählt

Wie dem auch immer sei,
eines mach dir bewußt:
Zwischen dem Todesschrei
oder dem Schrei der Lust:
nichts ist mehr einerlei.

Und was zum Leben zählt,
ist oft nichts nur als Quälerei,
du hast die Wahl, hast gewählt.
Leben – du bist so frei,
kommst schnell auf mehr als drei.
Einmal ist ausgezählt.

Übrig bleibt manchmal nur
von alledem nicht die Spur.

# Tunichtgut
(liedhaft)

Wem steckt er nicht im Blut:
Eine Art Tunichtgut,
wenn auch verschiedener Art,
bleibt da wohl aufgespart.

Spürt man doch insgeheim
diesen besond'ren Keim,
der einem schon mißfällt.
Doch das heißt in der Welt,

daß man ihn übersieht –
immer das gleiche Lied.
Man macht sich sogar Mut
für diesen Tunichtgut.

## Lachen und Weinen

Wer glaubt schon, es besser zu können
als man es vorher gedacht?
Man sollte sich Irrtümer gönnen.
Und wenn wir die Welt gewinnen:
man wird schließlich ausgelacht.

Und es bleibt nicht beim Lachen.
Das Weinen stellt sich genug unversehens ein.
Tränen, sie kommen für einen
Augenblick ganz allein.

Die Tränenwelt gibt es zuweilen,
als wäre sie selbstverständlich,
als gäbe es nichts mehr zu heilen
und jedes Dasein wär schändlich.

# Das Helle, das Leichte

Irgendwo geschieht immer
etwas, das vielen gefällt.
Wozu hat man die Welt?!
Und wär es ein Augenschimmern

oder ein helles Lachen
oder ein schönes Gesicht.
Es sind nicht die todernsten Sachen
mit ihrem Bleigewicht.

Aber das Helle, das Leichte,
das noch seine Schönheit hat.
Man sieht sich an ihr nicht satt,
wie es in den Himmel reichte.

# Jeder Handgriff

Jeder Handgriff ist wie fremd.
Dies bis in die Fingerspitzen
und man müßte Mut besitzen,
statt, vom Leben eingedämmt,

seine Tage zu verbringen,
die doch lange schon gezählt sind.
Wie soll Andres noch gelingen:
nichts als Fragen, die gequält sind.

Andres noch als auszuharren,
wird es ohnehin nicht geben,
hält man sich doch selbst zum Narren,
wenn man hofft auf Weiterleben.

## Gelassenheit

Nicht früh genug gilt's zu begreifen
wie allein man es hinter sich bringt:
Leben – wie Verhängnisse reifen,
doch wie schön auch das Schlimmste klingt,
wenn man rechtzeitig manches erzwingt:

Gelassenheit, wie sie nach allen
Erfahrungen ohne Erbarmen
– Gefallen und Nicht-Gefallen,
jenseits von offenen Armen –
doch immer wieder gelingt.

Und dies zum eig'nen Erstaunen,
daß man noch weiter am Leben
mit allen Lebens-Launen.
Und wem in die Hände gegeben?

## Wahrheit

Nicht auf den Kopf gefallen
oder: ein kluges Kind –
so nennt man sie, die von allen
gern unterrichtet sind,

die noch im Hinterfragen
nicht rasch ein Ende finden,
sich selbst von dem Wunsch entbinden,
möglichst die Wahrheit zu sagen.

Wahrheit wie hingerissen,
eine Nötigung, wie ein Drang,
dieser besondere Zwang: –
Man spricht von gutem Gewissen.

## Erfüllung – Enthüllung

Sich allemal Ruhe gönnen –
wie leichthin sagt man es so.
Auch wenn sie ein Leben gewönnen?
Jedenfalls fragt man so.

Ich träumte, was ich bekam.
Nennt man es doch Erfüllung.
Was man auch immer sich nahm:
Zugleich war es Enthüllung

von Fähigkeit und von Glück,
das man mit sich und anderen hatte.
Wieviel Unfähigkeit blieb,
auf daß sie das Glück beschatte … zurück.

# Stilleben

Alles so liegen lassen
wie's gerade liegt.
Besser nichts anzufassen,
weil's garnichts wiegt.

Ein Luftzug geht darüber,
damit du weißt: –
Stilleben heißt
das Ganze. Und hinüber

ist Leben, alles schnelle
Gewährenlassen,
kein Zeitverpassen
an seiner Stelle …

# Verstehen und Nicht-Verstehen

Verstehen und Nicht-Verstehen:
mit beidem ist nicht zu spaßen,
denn beides gleichermaßen
gehört zum Lebens-Begehen.

Verstehen – nur allzu gut –
ist mehr als Bescheid zu wissen.
Manchmal gehört dazu Mut.
Aber schlägt noch ein Gewissen,

wenn es nicht weitergeht,
wenn man nichts und wieder nichts weiß
und Verstehen sich im Kreis
wie das Nicht-Verstehen dreht?

# Glück I

Höre ich jemand vom Glück
sprechen – nichts als ein Fragezeichen.
Was kann man mit Glück erreichen,
und was bleibt nach ihm zurück?

Denn Glück kennt keine Dauer,
und man bricht sich glücklichenfalls
nicht auf der Stelle den Hals.
Aber wer kennt Glück genauer?

Das reicht für Augenblicke:
denn vorüber ist es schon.
Und der Teufel sitzt im Genicke
zu rasch – als des Glückes Lohn. –

# Glück III

Es kann wie ein Taumel sein:
dieser Überfall im Gefühl –
glücklich im Weltgewühl –
ein besonderer Widerschein

des Guten in einer Welt:
Glücksgefühl als ein Schimmer,
ein Fühlen, das wie auch immer,
nicht anders als wohlgefällt.

Mancher nennt es Entzücken
dies Wohlgefühl und eine Art
Rausch, der mit garnichts spart
und nichts sonst will als Beglücken. –

# Man weiß, daß man lebt

Es ist dieses Sich-Regen.
Man weiß, daß man lebt. Man ist
darum noch nicht verwegen.
Es ist keine Lebenslist,
an der man Leben ermißt,
um die man nicht verlegen.

Leben heißt Hinter-sich-Bringen
und nicht, wie es einem gefällt.
Schon garnicht: was kostet die Welt,
zu wie vielem muß man sich zwingen,

gezwungen werden weit eher.
Wie oft war man unterlegen
und dem Ende von allem näher.
Man braucht kein Geisterseher
zu sein – und schon garnicht – verwegen.

# Licht

Lautloser Jubel: das Licht
wie schattenlos, und es bringt
Helligkeit, dicht an dicht,
nach den Winkeln und einem Gesicht

die Schönheit, die es braucht,
um nichts als zu erstaunen.
Es gehört zu seinen Launen,
daß es zur Seligkeit taugt:

unirdisch in seinem Glanze
in einer Schattenwelt,
wie von höheren Wesen bestellt
und freigegeben das Ganze. –

# Wie im plötzlichen Überschwange

Wie im plötzlichen Überschwange,
zugleich tödlich unbeschreiblich.
Was ist im Kopfe im Gange?
Wie hält man es aus – wie lange?
War alles unausbleiblich?

Es ist ein Wahrnehmungs-Schwund
zugleich, von dem man befallen:
(wie unverständlich – ein Lallen.)
kommt man so auf den Hund?

Als wär nichts mehr ungeschoren.
Unwirklich ist alles: ich glaube –
so ist man wirklich verloren,
wie ich den Verstand beraube.

## Liebessonne

Es war die alte Wonne
das Körperliche zuweilen. –
Die wahre Liebessonne
steht immer noch zwischen den Zeilen.

Sie leuchtete Liebesleuten
mit ihrem warmen Licht
Was immer es zu bedeuten:
ein schöneres gab es nicht.

Sie ließ die Körper strahlen,
sie glänzte auf der Haut
zu ungezählten Malen.
Und war dem Schweigen vertraut,

das in Liebesaugenblicken
ein Zeichen unserer Wonne.
Sie wußte sich zu schicken
ins Wunder – als Liebes-Sonne.

# Frieden I

Frieden läßt nichts verdrießen.
In einer friedlichen Zeit
hört man entferntes Schießen
als akustische Kleinigkeit.

Frieden läßt sich's gefallen,
daß man ihn mißversteht.
Was soll entferntes Knallen?
Es löst sich in Wohlgefallen
auf, was den Kopf verdreht.

Es lebt sich immer besser,
nennt sich gesellschaftskundig.
Ein Spielen mit dem Messer:
Frieden macht's allenfalls mündig.

Es lebt sich gut als Dealer,
das Seine bekommt man durch ihn.
Es war ein Fußballspieler,
der wie aus dem Märchen erschien.

Wer es nicht glaubt, muß es bleiben
lassen. Im Frieden ist es so:
Er darf sich die Hände reiben
und wegsehen sowieso. –

## Frieden II

Man spricht nicht gerade leise
und denkt über nichts mehr nach,
Frieden, der naseweise,
lebt mit dir unter einem Dach.

Es scheint einem nichts als sicher
(denn Leben heißt Sicherheit)
und verbringt unter Gekicher
seine sichere Tageszeit.

Alles ist durchgeplant.
Man gibt zu lässig Bescheid,
zu wenig wird geahnt:
Ruhe herrscht weit und breit.

Manchmal ist eine Lücke
im ständigen Auf und Ab:
Gelegenheit für die Tücke,
die dann für manchen das Grab

bedeutet, auch das wie nebenbei.
Man macht daraus kein Geschrei
und wartet die Ewigkeit ab,
– das Wort ist viel zu groß –
die lieben Hände im Schoß.

# Was man teuer bezahlen muß

Was man teuer bezahlen muß:
Kleinigkeiten, Versehen,
ein plötzliches Mißverstehen. –
Was eben noch Genuß,

ist nun wie umgewandelt –
eine Scheußlichkeit, eine Gefahr,
was wie selbstverständlich war,
wird nun als Schuld behandelt.

Und schuldig ist man nun,
ohne je einzusehen:
Was war es mit dem Vergehen?
Was läßt sich dagegen tun?

## Es reicht

Was alles läßt man laufen,
wohin es will,
schweigt dazu still:
es gibt nichts zu verkaufen.

Was sollt's schon sein?
Man weiß allein
mit sich zu raufen.
Nicht kurz und klein

zu schlagen ist mitunter
gar nicht so leicht.
Was blieb, ist wenig munter.
Man weiß: es reicht.

## Jenseits

Man läßt sich vom Tode bedienen,
kopf-los, wie man gemacht,
verzieht möglichst keine Mienen,
was leider zu schön gedacht.

Läßt es sich noch bestreiten:
es geht einem Ende zu.
Wie kann man sich vorbereiten?
Und was heißt letzte Ruh?

Von Unruhe getrieben,
zählt man die Tage nicht.
Angst steht nicht zu Gesicht,
aber was ist geblieben?

Von diesem Ende gejagt
auf immer andere Weise,
hat doch noch keiner gefragt,
wie sich's ins Jenseits reise.

# Nichts als gewiß

Was ich alles verlerne –
man sieht es mir nicht gleich an.
Aber man sieht mir von ferne
oder nur dann und wann,

daß ich noch weiter am Leben.
Doch komme ich nicht mehr zurecht
mit einfachem Antwort-Geben:
nur noch ein Nervengeflecht,

das allenfalls gelitten,
sonst eher ein Ärgernis. –
Man muß um sein Dasein bitten,
dessen Ende nichts als gewiß.

# Gegenstände

Manchmal sind Gegenstände
von einem Licht erhellt –
ich sehe auf meine Hände,
ich seh sie, als befände
ich mich im Rausch, der befällt

auch Tisch und Stühle: sie stehen
in einem blendenden Schein,
und nicht Tisch und Stuhl allein
sind derart anzusehen,

als wären sie mehr als Sachen,
beliebig im Gebrauch:
sie haben jetzt Leben auch
und wollen Freude machen.

# Hinterhalt

Denke: im Einverstehen
gibt es noch Hinterhalt.
Es ist wie ein Wortvergehen
und tückisch mannigfalt.

Es ist oft kaum zu spüren,
bleibt häufig unerkannt.
Es ist wie unter der Hand:
schon garnicht zu berühren

als etwas, das geisterhaft
sich regt im Hintergrund
und bewegt sich im Kunterbunt,
das es mit Worten schafft.

## Wie es sich weiterlebt

Jeden Tag erlebt man aufs neue,
wie es sich weiterlebt
und daß ich mich nicht nur freue,
denn irgend etwas begräbt

man täglich von seinem Leben,
das schon zu lange währt.
Etwas wird aufgezehrt
oder hat es umsonst gegeben:

umsonst, um garnichts zu nennen,
weil es zu vieles ist,
von dem man inzwischen sich trennen
mußte. Man lebt für eine Frist,

die täglich abgelaufen
– so oder so – sein kann.
Man wird um sein Leben nicht raufen.
Man wartet. Und irgendwann

hat es mit ihm ein Ende,
wie man täglich besser weiß.
Man gerät darum nicht in Schweiß,
sieht auch nicht auf leere Hände.

# Verbliebene Tage

Kommt man wirklich noch zurecht
mit den verbliebenen Tagen:
sie sind nicht gut und nicht schlecht,
mehr ist dazu nicht zu sagen.

Oder schließlich doch dies und das.
Doch zugleich: was ist von Belang?
Was war es: ein Leben lang?
Was war zwischen Wonne und Haß?

Wieder Ertragen: auch noch am Schluß
von allem – wie ist es gewesen:
Voller Angst manches Mal, voll Genuß,
von den Augen abzulesen.

## Volkslied

Was ich noch übrig hab:
Wieviel davon ich begrab,
tagein, tagaus.

Es fällt mir deshalb leicht,
weil es mir längst schon reicht:
mach mir nichts draus.

Nichts kommt mir in den Sinn,
als daß ich garnichts bin:
nichts als Poet,

dem es vielleicht gelingt,
zu tun, was garnichts bringt,
daß er noch weiter singt,
dem Tod entgeht.

# Das meiste

Man muß sich in Einfalt üben,
um einiges durchzuhalten:
es geht um Kraut und Rüben
oder um Haare spalten.

Das meiste wird angeschafft,
um Neugier zu erregen.
Schon hat man sich vergafft
und ist dafür, dagegen

oder weiß nichts anzufangen
wie mit sich selber schon
als der gerechte Lohn
der meisten. Zu seinen Belangen
nimmt es sich aus wie Hohn.

# Ich weiß, ich weiß

Ich weiß, ich weiß: ich übe
mich täglich im Verschwinden.
Was bleibt zu überwinden?
Daß ich die Laune trübe

derer, die um mich sind.
Bin überhaupt nicht blind
und sehe noch genügend
die Umwelt, sich vergnügend,

an den bekannten Sachen,
die eher Freude machen,
Ich bring sie ums Erfrischen.
Man wird mich noch erwischen,
wie ich die Lust verliere
und noch den Tod markiere.

## Sätze

Treffsicher nur mit Worten –
selten hat man das Glück:
Sätze wie enge Pforten,
weisen zu oft zurück,

wenn man den Durchschlupf versuchte,
der einem gründlich mißlang,
und das Mißlingen verfluchte.
Geht man die Sätze entlang,

merkt man, wie sie entziehen
sich vor dem nächsten Satz,
Worte: dem einen ein Schatz,
wollen den anderen entfliehen:
und alles war für die Katz.

## Wer merkte, daß ich lebte

Nicht eine einzige Schrunde –
wer merkte, daß ich lebte
mit dem Vergessen im Bunde
und überm Abgrunde schwebte,

den ich mir selber geschaffen:
große Worte, wie nach Belieben
und manchmal vorwärts getrieben –
meine bescheidenen Waffen,

mit denen ich mich nicht wehrte,
die mir manchmal zugute kamen
und nicht ihren Abschied nahmen,
wenn mich das Leben verzehrte.

# Vom Himmel hoch

Vom Himmel hoch das Belasten,
sei es drum – cerebral.
Andauernd das geistige Fasten,
denn im Kopfe geht es fatal

zu und wird sich nicht ändern.
Wie anderes ist es zu spät.
Was einmal begann an den Rändern,
hat inzwischen den Kopf verdreht.

Wie von weitem nimmt man in Wahrheit
Geschehen nur noch auf:
Man nimmt Vergessen in Kauf
und sucht vergeblich nach Klarheit.

# Mit rechten Dingen

Mit rechten Dingen geht's zu,
wenn man sich dabei erhascht,
zu sehen, wie ohne Ruh
Einer den Anderen vernascht.

Ohne sich zu verschlucken,
steckt man den Anderen ein.
Jeder hat seine Mucken.
Man kann nicht schnell genug gucken
und ist dann wieder allein. –

# Die Rache der Worte

Daß man nicht von Worten gemeuchelt –
man sagt es mit Vorbehalt,
so wie man anderes heuchelt.
Es läßt einen wahrlich nicht kalt.

Tückisch sind mehr, als man dachte,
und vielen sieht man's nicht an.
Wer je die Worte verlachte,
ist ein verlorener Mann.

Denn sie werden sich allemal rächen.
Das geschieht wohl so oder so.
Da läßt sich garnichts versprechen,
noch die Sanftesten können sich rächen,
gesetztes Vertrauen brechen.

## Das Licht auf den Gegenständen

Ich kann es nicht bleiben lassen,
das Licht auf den Gegenständen
zu bestaunen. Auf meinen Händen

erscheint es mir anders nicht
als ein neuer Widerschein –
ein Licht, das ich treiben lassen

möchte auch in meinem Gesicht:
eine Helligkeit, die besticht –
ich fühle mich nicht mehr allein.

# Wieder einmal war nichts

Wieder einmal war nichts
als bloßes Zeitverbringen
für Erhaltung des Gleichgewichts.
Und dies vor anderen Dingen,

die aber genauso läßlich
wie alles übrige sind
und weder schön noch häßlich.
Die Frage ist, wo beginnt

es eigentlich mit dem Leben,
das ohne Frage ist?
Man sollte zur Antwort geben
– an der man das meiste ermißt:
Leben ist Hinterlist.

## Alles wird fremd

Es sich selber zuzuschreiben:
Lange kann's so nicht bleiben:
Alles wird fremd.

Bis hin zum Ekel,
ein Menetekel,
das Leben hemmt.

Fremd bis zum Sprechen
wie ein Gebrechen,
unheimlich fast.

Denn diese fremde Welt
ist wie vom Satan bestellt.
Fremd auch die Hast,

mit der jedes Geschehn
wie eine Untat begehn
sich ausnimmt schon.

Alles kann jederzeit
– wie es zum Himmel schreit –
wirken als Daseins-Lohn.

## Liebeslied
(im alten Ton)

Denke, wie's dich und mich
ganz unveräußerlich
vorwärts und weiter treibt,
was von uns übrig bleibt,

weiß ich und fühle bloß,
daß wir – von Kopf bis Schoß –
uns drüber einig sind,
daß wir nicht liebesblind.

Dies alles endet nie –
weiter nichts als Genuß.
Gehe nicht in die Knie.
Komme, was kommen muß,
schließlich ist mit allem: Schluß.

# Ich spreche vor mich hin

Ich spreche vor mich hin,
als gälte es nur mir,
daß ich verloren bin
und ohnehin krepier.

Man sagt sich's nie zu oft,
wenn es kein Andrer hört.
Bleibt mit sich ungestört.
Doch weiß man: unverhofft

kommt schließlich, was beendet
die Lebens-Heuchelei.
Es ist der Tod so frei,
daß er sich nicht verschwendet.

## Stoffwechsel

Es ist wie Geruch von Aas,
Stoffwechsel wird es geheißen.
Was einmal Leben besaß
und zu leben nicht vergaß,
gar Leben an sich reißen –

hat nun vom Dasein genug
seit diesem Todesgeruch.
Von tödlicher Angst getrieben,
bedenkt es, was ihm verblieben,

was solches Leben noch wert
und wie es die Angst verheert:
Wann endlich aufgezehrt?

# Der besondere Tod

Auflösung. Weiß man nicht mehr,
wie es mit einem steht,
wenn man zugrunde geht?
Selten von ungefähr

kommt der besondere Tod,
lebenslang vorbereitet,
ehe er sich verbreitet,
als Gefahr, die Leben bedroht.

Der eigene Tod, den ein Dichter
sich wünschte und den er bekam,
ist zuweilen doch wohl schlichter,
als man ihn als Geschichte vernahm.

# Mein Eigen

Wie's einmal hieß: mein Eigen
war's mehr als bloßer Besitz
(der zuweilen ein Kinkerlitz).
Man wollte mit ihm etwas zeigen,

was sich zugehörig nennt
und alles vom übrigen trennt.

# Abschieds-Gesumm

Lebe ich überhaupt?
So wie ich bin,
ist Sterben noch erlaubt.
Mir steht der Sinn

nach keiner Ewigkeit,
die es nicht gibt
oder mir gründlich leid.
Warum verschiebt

keiner den Tod,
der allemal
mit Sterben droht,
und diese Qual,

die Abschied heißt
von allem, was
das Leben preist –
dies ohne Unterlaß …

# Nichts ist mir einerlei

Nichts ist mir einerlei:
Laß es mich dennoch tun,
was es auch immer sei:
ich hab nichts auszuruhn,

habe die Stunden gern,
die für mich schlagen
und die kein Wohlbehagen,
die aber wie von fern

für mich das Ihre tun,
wie ihre Zeit verläuft,
in der sich manches häuft. –
Laß nichts auf sich beruhn,
Sinn oder Widersinn,
wie ich am Leben bin.

## Verwahrung

Das meiste wird bei Verwahrung
erträglich. Auf Widerruf.
So jedenfalls die Erfahrung
und wie sie das Leben schuf,

wie es sich umsah und wählte
und nach Geeignetem sah.
Erfolg wie Mißlingen zählte,
Protest war wie körpernah.

Zuweilen, und nicht zu schelten,
war er da und lohnte sich,
am Ende eher selten.
In der Regel schonte man sich.

# Kommen muß nichts

Kommen muß nichts, das genauso
anders erscheinen könnte,
dem man das Leben gönnte. –
Man beobachtet eine Frau so:

Einmal die Eine, die Andre:
ein immer anderes Wesen.
Man kann in Augen lesen.
Wie es heißt. Aber ich wand're

mit meinen Augen umher,
unruhig, um zu finden.
Doch ich finde nicht mehr.
Und wär's der Beginn von Erblinden.

# Zustimmung
# oder
# die falsche Rinne

Zustimmung will nicht heißen
ein »Ja und Amen«-Sagen.
Man muß zugleich verbeißen
sich einiges Unbehagen.

»Wir werden das Ding schon schmeißen«
– ein bestimmtes An-sich-Reißen
schon gar nicht zu ertragen.
Man müßte schon anderes wagen.

Aber Wagnis, wie dem auch sei,
ist doch gar nicht einerlei.
Und die Meinung, wer wagt, der gewinne,

kommt aus der falschen Rinne,
in der bereits einiges läuft,
was am Ende alles ersäuft. –

# Finis, sagt der Lateiner

Finis, sagt der Lateiner.
Das gilt wohl, wenn irgendeiner
badet im eigenen Schmutz,
diesem besonderen Putz.

Wer mag schon das Ende besehen,
ein Ende wie ein Vergehen
gegen das Sittliche fast,
wem diese Ansicht paßt.

Ansicht: – wie wörtlich zu nehmen
auch immer: genügend erbärmlich
und jede Vorstellung ärmlich:
man sollte sie nicht beschämen.

# Eine Büste

(Büste K. K.)

Fliehendes Kinn, der Hinterkopf
schmal, musikalisch geprägt –
eine Büste, die Wesen belegt!
ein Greis, nicht gerade ein Tropf,

denkt man, während man schaut:
das könnte einer sein,
der mit sich gerne allein
ist und alles andre als laut,

der sich nicht gerne nennt,
aber dessen Worte man kennt
und in den Künsten gescheit:
ein Mann der Empfindlichkeit.

## Man war nie Meistersinger

Man war nie Meistersinger.
Soll ich sagen: Gott sei Dank.
Was gelang oder mißlang,
mit dem Daumen und Zeigefinger

wie nebenbei zerrieben.
Bei Geringem ist's geblieben.
Keine Fingerfertigkeit
treibt es mit Gefühl soweit.

Und das ganze Meistersingen
als besonderes Mißlingen:
Die es sahen, die es merkten,
mich in dem Gefühl bestärkten.

## Etwas angerichtet haben

Etwas angerichtet haben,
und sei es aus Versehen.
Doch hinterher sich laben,
als hätte man zugesehen

einem anderem Leben, das glimpflich
verlaufen bei einigem Verstande,
dazu schon gar nicht schimpflich?
Gibt es denn Schimpf und Schande?

Nicht ein- noch ausgerichtet.
Dazwischen lebt sich's weiter
und rechtzeitig verzichtet:
im Ganzen gar nicht heiter.

## Was eigentlich wird groß geschrieben

Was eigentlich wird groß geschrieben.
Zu viel und zu wenig zugleich.
Ein Wortschatz ist durchtrieben,
ohnehin überraschungsreich.

Manche wollen davon nichts wissen,
denn sie wissen mehr als genug.
Und sie sehen zuviel vom Betrug
der Worte. Sie können vermissen,

was den Umgang anderer Worte macht:
Denn ein Wort ist mehr als Vokabel.
Und was es wie unversehrt macht,
kommt freilich auch aus der Fabel.

## Augenblick

Dasein ist das Verlangen
noch mehr als im Augenblick,
von dem die Vögel sangen,
zugleich kam keiner zurück,

der dabei war, ihn erlebte,
wie über der Erde schwebte:
So kann man's, augenblickhaft.
Doch wehe, wer es geschafft,

ins Gewöhnliche zurück
fällt er darauf im Nu,
kriegt die Augen nicht mehr zu,
denn sie sahn ins reine Glück.

## Wort-Benutzen

Es ist das Wort: Benutzen,
das es schließlich fertig bringt,
die Worte zu beschmutzen.
Keinem Worte-Macher gelingt

es ja, noch zu beschreiben,
was aus den Worten wird,
die zugleich übrig bleiben,
als hätte man sich geirrt,

als wären sie unantastbar
und überhaupt nicht belastbar.
Wem solcher Umgang gelingt,
der nach Verleugnung klingt:
der die Worte nicht geschunden –
wie wird ein solches gefunden?
Es wäre schließlich ein Wunder
mitten im Worte-Plunder.

## Das Ungewisse

Wie sehr man es auch begehrt:
man wird es nicht an sich reißen.
Es ist wie Schmerz-Verbeißen.
So bleibt einem manches verwehrt.

Später wird man erfahren,
daß man zu Recht verfuhr.
Was man begehrte, waren
schließlich Phantome nur.

Doch ist es das Ungewisse,
zu dem es einen drängt.
Es schafft die Gewissens-Bisse,
an denen man heimlich hängt.

# Glückssache: Zufall

»Man soll den Zufall
nicht um seine Unschuld bringen.«
(Nietzsche)

Glückssache: Zufall geheißen.
Um seine Unschuld gebracht:
Nietzsche hat einst es bedacht. –
Wir werden das Ding schon schmeißen,

hör ich die Leute sagen,
die mit allem fertig werden
und schließlich ohne Beschwerden:
sich an den Zufall wagen,

der ihnen mitgespielt,
ohne daß sie es merkten
und ihr Getöse verstärkten,
sich an falsche Worte zu wagen.

## Manchmal geht es behende

Manchmal geht es behende
in Kleinigkeiten zu:
Das gleicht einer winzigen Wende.
Man sieht die Folgen im Nu:

ein Schatten fällt plötzlich dichter:
In der Stille ein Geräusch.
Es kommen anders die Lichter.
Daß man niemanden enttäusch',
spricht man mit anderer Stimme.

Doch niemand hört einem zu.
Es kommt zu gar keinem Grimme.
Man käme aus einer Ruh,
die garnicht angemessen. –
Doch hat man schon vergessen.

## Es gibt nichts mehr zu sagen

Es gibt nichts mehr zu sagen,
was nicht gesagt worden wäre,
und sei's ins Ungefähre
mit Behagen wie Unbehagen.

Den Anderen ertragen
im alltäglichen Geschehen.
Fürs Vor-die-Hunde-Gehen
wird schon die Stunde schlagen.

Wer wollte es schon wagen: –
wie schön lebt sich's beliebig.
Schon geht's an Kopf und Kragen,
und nichts bleibt gar ergiebig.

# Redlichkeit

Redlichkeit, Fremdwort für immer,
geschunden die längste Zeit,
zeigt sich – als Lebensschimmer –
in Treu und Redlichkeit.

Aber sonst eher verschwunden
– redlich im Wettbewerb –
bisher nicht wiedergefunden
als allenfalls im Verderb

der Worte ins Bodenlose,
wo immer genügend Platz
für ein »Jacke wie Hose«
und sonst alles für die Katz.

## Wunderstrauch

Abersinn, Aberglaube:
Blüten am Wunderstrauch,
von dem ich die Blüten raube,
Blüten, die aber auch

die besonderen Blüten treiben,
die für immer erhalten bleiben:
hinfällig zugleich am Strauch,

gehalten in einem zweiten
Paradies, solange es denkbar
und Wundersträucher verschenkbar.
Aber sie fehlten zu allen Zeiten.

## Entzücken

Was ist einem nicht willkommen,
wenn die Laune danach steht,
um was es auch immer geht:
es gerät zu Nutz und Frommen.

Eben noch war man benommen.
Etwas war einem mißglückt
und wie davongeschwommen,
was gerade erst entzückt.

Aber so ist's mit Entzücken:
eben errichtete Brücken
stürzten schnell wieder ein. –
Man ließ seither einiges sein.

# Leben und leben lassen

Einiges läßt man von vornherein
und aus guten Gründen sein.
Man will es später nicht hören:
Wer warf den ersten Stein?

Es geht nicht um Ruhestören,
wer so den Nächsten fragt,
was keinem wohl behagt.
Wer mag heraufbeschwören,

wo's um mehr als Ruhe geht:
um Leben und leben lassen
und was manchmal nicht zu fassen.
Aber wer sagt, woraus Leben besteht?

# Meinungen. Irrtümer

Wer hat nun wen gemeint?
Was ist Meinung im Gedränge?
Ansichten gibt's eine Menge,
wenig tauglich, wie es scheint.

Wer will darüber entscheiden?
Gibt es ihn überhaupt?
Nur wer an Irrtümer glaubt,
kann sich an Meinungen weiden.

Reibt sich die Hände, die kalt
wurden unter den Leuten. –
Um Irrtümer zu erbeuten,
gibt's sie in jeder Gestalt.

# Ein Tag

Er steht in keinem Kalender.
Es ist kein bestimmter Tag.
Kein Tag für Zeitverschwender,
den man nur heimlich mag.

Dies jedoch um so lieber:
ein Tag, an dem man allein
ohne Aufsehn, ohne Fieber
mit einem Glücklichsein,

das sich nicht zu erkennen gibt,
an dem man nichts verschiebt:
denn man weiß, was man will,
ein Tag, der besonders still
und den man deswegen liebt.

# Im Trüben fischen

Ruhig im Trüben fischen.
Gedächtnis aufzufrischen
und dabei sogar
Erinnerung, Haar um Haar.

Im Trüben wird sich zeigen,
was eigentlich mein Eigen
genannt wird, garnicht trübe.
Daß ich Gedächtnis übe,

entsteht nicht auf der Stelle:
diese besondere Halle,
ein Licht aus keinen Augen,
selbst, wenn sie etwas taugen. –

## Ausverkauf

Wie man gern lebt jetzt: schrill;
eine Art Losungswort
für manche, wenn man will.
Und Leben setzt sich so fort.

Ein Wort nach dem Geschmack
einer Zeit, die immer schneller
wird, wie sie mit Sack und Pack
davonläuft, in wenigem heller

wird in hastigem Verlauf
und nichts als ein Ausverkauf.

## Die schmale Linie

Weiß ich, für was ich zahle?
Was immer ich vermute:
es käme mir wenig zugute.
Manchmal ist's eine schmale

Linie zwischen Allem und Nichts:
das Leuchten eines Gesichts
oder ein Todesschrecken,
der nicht mehr zu verstecken –
die Folgen eines Verzichts:

Die Linie verläuft unendlich
und keinem je verständlich.

## Etwas zuvorzukommen

Etwas zuvorzukommen,
ehe es sich verläuft
oder das Glück sich häuft,
schließlich gar ernst genommen!

Aber was soll man tun
oder eher unterlassen:
glücklich, sich auszuruhn,
besser: beim meisten sich fassen,

was einem noch widerfährt
auf seine späten Tage,
sei es nun sinnverkehrt
und nichts als eine Plage.

# Fragezeichen

Was eigentlich ist schicklich
und dies nicht nur augenblicklich?
Daß man das meiste vergesse
und nicht am Augenblick messe,

der so oder so verläuft,
wenn sich Gegensätzliches häuft.
War es nicht immer so,
daß man beim Ende froh,

noch da zu sein nach Ermessen,
um das Meiste zu vergessen? –
Leben – wenn nicht verblendet,
an Fragezeichen verschwendet.

## Was Einer dem Andern getan

Was alles läßt sich vergessen,
was Einer dem Andern getan:
von blinder Wut besessen
oder aus bloßem Wahn.

Zeit vergeht unter den Händen
immer rascher, auch ohne Blut.
Wenn die meisten Ruhe fänden
vor dem eigenen Übermut,

um weniger anzurichten.
Hat ja Einer den Andern verschont?
Er weiß, auch ein Verzichten
würde ihm nicht gelohnt.

## Worte, gesprochen zur Seite

Wovon kann man Abschied nehmen?
Wovon man sonst nicht spricht.
Wenn man spürt, daß etwas zerbricht.
Man muß die Worte nicht schönen,

die einem sonst nicht kommen.
Dabei braucht niemand zu sein.
Man spricht sie für sich allein.
Und schon gar nicht sind sie willkommen.

Worte sind's, notgedrungen,
oftmals wie aufgezwungen,
immer sind's notbereite.
Und gesprochen sind sie zur Seite.

## Warmherzig mußte es zugehn

Warmherzig mußte es zugehn,
wenn einer sein Herz entdeckt,
wie es den Leuten schmeckt,
die überall gern zusehn

und stets etwas auf dem Herzen
haben, um schließlich mitzumachen
bei den besonderen Sachen.
Später hört man sie scherzen,

als ob sie überall gerne
dabei gewesen wären.
Ihr Lachen hört man von ferne
noch schallend im Ungefähren.

## Was bleibt übrig

Was bleibt übrig zu guter Letzt,
wenn das Leben wie zugeschüttet:
ein Gespenst geht um, das man jetzt
besser meidet: ein Leben, zerrüttet

von dem, was ihm widerfahren,
liest man manches in einem Gesicht.
Und vieles sieht man nicht,
kam mit den späten Jahren.

Und die frühen Tage, verschollen,
gibt es nirgendwo abzulesen.
Sie sind wie umsonst gewesen,
als hätte man keinen Tag wollen.

## So etwas wie Belohnung

(Banal-Gedicht)

So etwas wie Belohnung
gibt es doch wohl nicht.
Da lob ich mir Verschonung,
besser noch der Verzicht.

Wie vieles ist entbehrlich,
so rede ich mir ein.
Dazu noch – offen und ehrlich –
man nennt es Glücklichsein

im irdischen Gewimmel,
schon als Kind war ich nicht dabei,
zu fragen, weil's einerlei:
Wie komme ich in den Himmel.

## Kindheit oder Schwarze Lakritze

Mit Licht kommt die erste Hitze,
weil es bald Sommer ist,
an dem man das Licht ermißt: –
Als Kind lutschte ich Lakritze,
verstand nicht die öden Witze,
wenn man erwachsen ist,
wo einer den andern frißt
in aller Hinterlist.

Ich lutschte sie von der Stange,
die klebrig war und so lange
im Munde blieb, bis mir bange
vor der Klebrigkeit, mir die Wange
heiß wurde, mit dem Drange,
auszuspeihen, schon war ich im Gange
und spuckte die klebrige Stange.

# Im April

Kamelie im Verblühen.
Ein Garten im April
kennt noch kein Sommerglühen.
Doch wenn es das Blühen will,

blühen Pflaumenbaum und Kirsche,
Magnolie, rosarot.
Es gehen auf die Pirsche
auf alles, was nicht im Lot,

auf Fallensteller und solche,
die nicht geheuer sind,
Jäger: doch Blühen macht blind.
Schon warten andere Strolche.

## Körpergefühl

Keineswegs besser wissen.
Eher zu rasch verzagt.
Dann wieder hingerissen,
so daß man zu leben wagt,

daß man für eine Weile
zu wissen glaubt dies und das,
und es entsteht eine Zeile,
nicht über irgendwas,

sondern was unaussprechlich,
eher ein Körpergefühl.
Man spürt nur, wie zerbrechlich
es ist im täglichen Gewühl.

# Verziehen und unverziehen

Verziehen und unverziehen.
Andres nicht unverzeihlich:
glücklicherweise gedeihlich.
Das meiste wird ausgeliehen.

Man sagt: aus zweiter Hand.
Aber händeweise vergebens.
Vorher die Augen mit Sand
bestreut, vorher den Sinn des Lebens,

wenn es ihn gäbe, wär's recht,
wär es nur Sinn und Verstand,
der wohl von anderer Hand
vergeben und recht und schlecht.

## Gesichter

Gesichter sind gezeichnet.
Meist sind's die groben Dinge.
Das Feine, das Geringe
ist denkbar ungeeignet.

Da ist ein Kinn brutal.
Die Lippen, die sich schürzen,
schnippisch die Zeit verkürzen,
die Augen allemal

schaun unentwegt verwegen
dem Zeitvergehn entgegen,
mißtrauisch wie verschwommen
und als Entgegenkommen –

alles Andre als Zeitvertreib
zeigen die den Verbleib
von unberechenbaren
heiklen Charakterzügen,
robusten Lebenslügen.

## Umsicht

Daß Um-sich-Sehn zu Umsicht führt,
hat Sinn im Wörterbuch.
Wer seine Logik je gespürt,
hat schließlich wohl genug. –

Doch Wörter haben Eigensinn,
der über Grammatik geht.
Wer weiß so manches Mal, wohin
und wie's mit Wortsinn steht?

Blindekuh ist ein Kinderspiel,
das über Kindheit reicht. –
Wortsinn und Wörterbuch – gleichviel:
Umsicht macht vieles leicht.

## Sich um garnichts mehr scheren

Sich um rein garnichts mehr scheren.
Doch rein garnichts bringt mich um.
Die Empfindlichkeit in Ehren:
Ich seh mich sie täglich vermehren.
Sie wird mich schließlich verzehren.
Ich wehre mich nicht: wortlos. Wie stumm:

Lasse ich mit mir geschehen,
was mich schließlich das Leben kostet,
lasse alles so weitergehen,
was – ohne Nutz – um mich rostet.
Ich lebe noch – wie aus Versehen.

Ich hinterlaß, wer mit Namen
nicht mehr in einen Rahmen
von üblichen Bildern paßt: –

Die aus dem Jenseits kamen,
nehm ich mir dann ohne Hast.

## Gott, unausgesprochen

Den lieben Gott durch die Zähne
gesummt als ein frommes Lied:
Religion – noch in Quarantäne –
ihre Kraft aus vielem bezieht.

Nicht nur im Händefalten
oder im Andachts-Lauschen,
andächtigen Blicketauschen
bleibt's wie für immer beim Alten.

Der liebe Gott, unausgesprochen,
bleibt vielleicht so am besten
unter uns, auf heimlichen Festen
der Stummen, deren Stummheit gebrochen.

## Man dreht sich um

Man dreht sich um. Was im Rücken
lag, hat man nun voll vor Augen.
Die Fülle, mag sie nun taugen
zu mehr als bloßem Entzücken:

Die Welt wird nicht anders, wohin
in ihr manches Mal unversehens
man blickt. Die Folgen des Drehens
sind ohne Widersinn,

sind Ergänzung, heitere Rundung.
Die Augen stellen sich ein
auf einen Widerschein
des Glücks bei ihrer Erkundung.

# Licht

Plötzliches Sich-Verändern
der Gegenstände im Licht:
diese Fülle, dicht an dicht,
wie Licht aus Märchenländern.

Lautloser Jubel, erhört –
die bekannten Engelszungen
ein für allemal erklungen –
manches sogar verstört.

Licht aus dem Paradiese.
Licht aus dem Gottesgarten.
Licht von der himmlischen Wiese –
Geschenk wider alles Erwarten.

# Das Monster Leben

Alles, was außer Maßen,
sich selber widerspricht.
Und die, die ein Monster besessen,
wußten es meistens nicht.

Und daß es ein Monster war,
das sie allemal in Gefahr
brachte – ein Unding schon –
manchmal ein Lebens-Lohn.

Ein Monster hat seine Namen,
die manchmal höllisch kamen. –
Wer hat es schon zugegeben:
Sein Monster nannte sich *Leben*.

## Zusammenleben

Oft endet in Schädlichkeiten,
was einmal schadenfroh.
Statt Taten Tätlichkeiten,
weiß man doch sowieso.

Man nennt es Zusammenleben.
Weiß einer, was das ist?
Es ging etwas daneben.
Am besten, man vergißt

das meiste bei einem Nächsten,
der selber der Beste war,
allenfalls einer der Regsten,
nicht selten eine Gefahr –

gefährlich wie gewöhnlich
es miteinander bleibt.
Aber war es je versöhnlich,
wie man Leben einverleibt?!

# Blühen

Die Wolke Fliedergeruch.
Weil Mai ist, ist es so,
wie Betäubung. Nie genug
Duften von irgendwo.

Es ist ein Geruch von Blühen.
Wer mag noch unterscheiden?
In der Luft ist schon ein Glühen,
ein frühes (Wärme)-Erleiden

an heißen Straßenecken:
Wer kennt sich im Blühen aus?
Es folgt dir bis ins Haus
mit immer neuem Entdecken.

# Das Echo
(Banal-Gedicht)

Das Rufen in den Wald
– das, was man Echo nennt –
verrät dem Rufer bald,
aus welchem Element

es ihm als Antwort kommt,
die etwas wiederholt
– Bestätigung, die prompt
auf Johlen wieder johlt,

auf Schreien derselbe Schrei.
Es ist dieselbe Stimme
noch einmal, einerlei
– vorbei mit dem Vorbei,
als Wohllaut oder im Grimme.

## Wie soll ich derselbe bleiben

Etwas ist plötzlich anders,
Etwas gibt es nun nicht
in den Räumen, in denen ich lebe:
Es fehlt mir dein Gesicht.

Es fehlt das andere Leben,
die menschliche Stimme, ihr Klang,
ihr heimliches Erheben
und das Schwingen in deinem Gang.

Anderes unaussprechlich
bis in das Atemholen,
ein Lächeln, ganz verstohlen –
das, was an dir zerbrechlich.

Es läßt sich nicht beschreiben.
Es ist die besondere Nähe,
nach der ich vergeblich spähe:
Wie soll ich derselbe bleiben?

## Was tun oder was lassen

Wenn man entscheiden muß:
– Was tun oder was lassen –
setzt es zu leicht Verdruß.
Da hilft kein Judaskuß.
Denn ein heimliches Hassen

nistet sich ein: abscheulich.
Haß ist ein großes Wort.
Doch es klingt nichts als greulich.
Man jagt es am besten fort.

Aber es bleibt ein Rest,
immer noch schlimm genug,
so setzt sich das Böse fest.

Selbst was man auf Händen trug –
zu spüren bekommt es genug.

## Abzählen

(Banal-Gedicht)

Abzählen läßt sich vieles,
wieviel – eine andere Frage.
Das Zählen wird zur Plage.
Der Sinn eines Zahlenspieles

nur noch Unsinn nebenbei,
wenn es nicht sinn-gerecht. –
Aufs meiste versteht man sich schlecht,
was es auch immer sei.

Abzählen, was unzählig,
ist von dieser Sinnesart:
doch Einsicht kommt allmählich,
die Quälerei erspart.

Abzählen: allerlei:
am Ende zählt man die Jahre,
bis auch das Wunderbare
für immer ist vorbei.

## Das Leichte

Manchmal spürt man, wie federleicht,
was in der Luft verschwindet,
wenn man die Worte findet
als etwas, das entweicht

als luftiges Gebilde
nach oben, wo das Leichte
ein Himmel ist, der reichte
in luftige Gefilde.

Worte mit leichten Silben,
aus Buchstaben gemacht,
wie von der Luft erdacht,
betroffen von keinem Vergilben.

Aber vom Lufthauch dafür,
der jedes Wort umschmeichelt,
wenn vor weit offener Tür
Wind Schmetterlinge streichelt.

# Jeder Schritt / Sich halten

Ein Wagnis nur, jeder Schritt,
allenfalls ein Sich-Halten.
Man läßt den Zufall walten.
Wenn jemand sagte: komm mit,

wär es verkörperter Hohn,
der nur zu Falle bringen
auf eine Weise schon,
nach dem nichts mehr gelingen

würde, wenn man ihn überlebte
als eine Art Gespenst,
das du noch Leben nennst,
wie's nach dem Ende strebte.

# Asche

Man sollte sich soweit kennen,
daß man wüßte, wie das Verbrennen
von Papier zu Asche ist,
wenn es die Flamme frißt.

Und daß es sich dabei handelt,
was fortan für immer verwandelt
im Nu, einen Augenblick,
der mehr als ein Mißgeschick.

Denn Papier, wie es beschrieben
– keiner ist überrascht –
heißt doch, unwiderruflich vertrieben
ist LEBEN, wenn es verascht.

## Wortgeschehen

Worte – zuweilen lecker
für einen guten Geschmack.
Unversehens werden die kecker,
üben sie Schabernack –
eines Tages Vollstrecker.

Was sie vollstrecken, mag vieles,
manchem zu vieles sein,
Worte, die keines Zieles
mehr bedürfen. Allein

ihr Dasein bewirkt unter Worten,
was niemand vorhergesehen
an den geeigneten Orten:
Man nennt es Wort-Geschehen.

# Hoher Mai

Päonienweiß und Holunder,
der Rhododendron rot.
Es ist etwas wie Zunder
im Blühn, ein Brand, der droht

vegetativ auszubrechen.
Hoher Mai: es ist soweit –
die Hohe Frühlingszeit.
Die Augen sollen zechen

von Farben und einem Grün,
das schon dicht ist und ganz hell,
das schwelgerisch ist wie das Blühn.
Vergängliches lebt so schnell.

## Worte, die immer leichter

Worte, die immer leichter
einem vom Munde gehn.
Die groben Worte streicht er.
Und noch hat niemand gesehn,

daß sie über die Lippen kamen
einem wie ihm, der ganz leicht
spricht und Namen um Namen
mit Leichtigkeit erreicht.

Namen gewiß, die ihm teuer,
die ihm gefällig sind,
Namen, mit denen ein scheuer
Mann erst richtig zu leben beginnt.

# Geltenlassen

Was war nicht von jeher umstritten,
was andererseits etwas galt.
Noch gestern wohl gelitten. –
Bis zum Wandel der Gestalt,

auch äußerlich umgewandelt,
kann das bisweilen gehn.
Noch im Feineren wird gehandelt,
bleibt wenig unbesehn.

Das Geltenlassen war immer
schon eine Seltenheit,
denn ein bloßer Geltungsschimmer
gibt Gelegenheit zum Streit.

## Man sah es

Vergessen und wieder vergessen:
mit staunenden Augen: man sah es.
Man war vom Dasein besessen,
und eben darum geschah es.

Die Augen brannten oft gierig,
als warteten sie nur auf Geschehen,
da wo das Leben schwierig,
wollten sie es gesehen.

Bekamen sie es, wie erwartet,
doch unerwartet zumeist,
manchmal wie abgekartet,
was immer dies jeweils heißt.

## Ich höre Lebenssinn

Ich höre Lebenssinn
und kehr schon auf den Hacken,
bin zu rasch ungeduldig.
Man sagt; weiß nicht, wohin.
Und schon will es mich packen.
Ich weiß mich zu schnell schuldig.

Ich bin zu rasch empört.
Es gibt empörend vieles,
was nicht dazugehört
während des Lebensspieles.

# Heimlich und unheimlich: beides
## (Liebesgedicht im alten Stil)

Heimlich und unheimlich: beides
spüren zu gleicher Zeit.
Geht es von deinem Kleid
– vom Schnitt dieses Liebeskleides –

aus oder von der, die es trägt?
Anmut ist ausgestorben,
von dir aber neu erworben,
ist die Schönheit neu belegt.

Vergangene Worte? Du bringst sie
aufs neue in Gebrauch.
Du bist dabei und erzwingst sie,
während anderes aufgeht im Rauch.

# Lebensgeschichte
(volksliedhaft)

Da es ihm keiner besorgte,
er sich sein Leben borgte.
Jedenfalls fühlte er so.
Manches Mal lichterloh

brannte es, stand es in Flammen.
Dann wieder brach es zusammen.
Nie war es einzusehen,
wie es zu Ende gehen,

ob als ein kleines Wunder
oder als reiner Plunder,
wie es geschrieben stand,
wenn es um Sinn und Verstand
ging, weit weg von jedem Wunder.

# Daß ich noch immer am Leben bin
(Delire-Text)

Daß ich noch immer am Leben bin:
ich schüttle den Kopf schon zuweilen:
eine Mischung von Sinn und Abersinn,
schließlich das Grab oder sonstwohin
(wohin denn anders?), Beeilen

paßt nicht ins Bild, das man macht
weiterhin – sich und andern zum Hohn.
Wem's lang, ein Leben lang schon
das todsichere Jenseits lacht,

macht es am Ende rein garnichts aus,
allenfalls sich selbst zu genügen,
beweg ich mich längst schon im Totenhaus.

## Die lange Hand

Die lange Hand, längst berücksichtigt:
was alles bereitet sie vor!
An Angst und Schrecken ertüchtigt.
Es öffne der Hölle das Tor,

wer sich auch kurz nur befaßt
mit ihr und ihrem Wirken.
Die lange Hand, wie verhaßt
auch immer, in Todesbezirken

geht sie jederzeit weiter um
und weiß mit ihrem Hantieren
(und dies ganz ohne Hast)
zu helfen beim Krepieren.

## Glaube, wer's glauben mag

Dasein – dieses Entwischen
der einen, andren Gefahr,
ein langes im Trüben Fischen
und trügerisches Vermischen
und – wie selten – wunderbar.

Ohne jedes Vergleichen,
wem alle Worte fehlen.
Was alles ist zu erreichen.
Es ist wie Zusammenstehlen –
ein besonderes Erschleichen.

Immer bleibt es begehrlich,
oft bis zum letzten Tag.
Doch ein Leben lang lebensgefährlich:
glaube, wer's glauben mag.

# Nachwort

# Die Tage zählend

für Luzie

»Beweglich« war ein Lieblingswort Karl Krolows. Beweglich – wie die Musik Scarlattis oder Mozarts, wie die Marionetten Kleists, wie eine Ballerina, ein Ballerino, wie die Wörter, die er rief. Mit dem Wort schaffte er sich Raum, eine Bühne.
Im Lauf von fünfunddreißig Jahren haben wir uns immer wieder getroffen, auf Kongressen, in Cafés, bei den regelmäßig stattfindenden Jury-Sitzungen für das »Buch des Monats«, in seinem Studio auf der Darmstädter Rosenhöhe, und stets war mir die Beweglichkeit bewußt, durch seine Gesten, die die Sätze unterstützten und weiterreichten, zugleich sehr diskret auf Distanz bedacht waren.
Unlängst träumte ich von ihm. Ich hatte seine späten Gedichte gelesen. Er stand allein auf einer Bühne, zierlich, untadelig gekleidet, ein wenig nach vorn gebeugt und unterhielt sich mit einer Gruppe von Unsichtbaren. Ich konnte nicht hören, was er sprach. Er erinnerte mich – im Traum, oder nachdem ich wach geworden war – an Baptiste, den Pantomimen in »Kinder des Olymp«. Nur schien er mir »aufgeklärter«, nicht verstrickt in ein undurchschaubares Spiel, sondern schon jenseits des Spiels, es nicht ohne Ironie rekapitulierend. Die Melancholie Baptistes wird von der Ironie des Dichters abgelöst. Nachträglich geht mir durch den Kopf, daß in diesem Fall Melancholie und Ironie von einer sonderbar zarten, durchlässigen Substanz sind.
Krolow schützte sich mit Ironie, und nicht selten nahmen Gespräche durch sie eine überraschende Wen-

dung – ins Ungefähre, dorthin, wo Verletzungen unmöglich sind.

Jetzt, wenn ich ihn mir vergegenwärtige, sein Werk überschaue, wird mir dessen Insistenz offenbar. Als habe er von Gedicht zu Gedicht geatmet, sein Leben in Strophen gelebt. Obwohl er zu Beginn den Naturlyrikern zugeordnet wurde, hat er nie einer Gruppe angehört, und wenn er in einer Institution wie der Darmstädter Akademie tätig wurde, überwogen die Skrupel. Nicht daß er vorsichtig gewesen wäre. Aber er ging behutsam mit Menschen und Dingen um, fürchtete zu große Nähe. Sein Eigensinn, die unbedingte Konzentration auf das Substrat der Welt, das Gedicht, bestärkte ihn und machte ihn einsam.

Wie weit hat er sich mit seinen Gedichten des Abschieds entfernt von denen des Anfangs. Keine rauschhafte Welteroberung mehr, keine Lust, Wirklichkeiten in rhythmisch sich dehnenden Zeilen zu rühmen. 1952 entdeckte ich den Gedichtband »Die Zeichen der Welt«. Es kam mir tatsächlich wie die Entdeckung eines poetischen Kontinents vor. Bis heute wirkt die Erregung nach, die mich damals erfaßte, als ich in dem Band las. Das Gedicht näherte sich der Musik. Die Sätze waren wie auf Notenlinien geschrieben:

»Auf einer beliebigen Straße im feinen und duftenden
Regen
Oder im farbigen Licht, das den Asphalt der Städte
salbt,
Unter Menschen und steigenden Häusern zu Köln
oder Frankfurt im trägen
Sommer aus Ziegeln und Staub oder im Mond, der
das Ulmenlaub falbt,
Hinter der Luft, die neutral ist, die schläfrig und tönend

Gespräche wie Karten mischt, Nähe und Ferne
versöhnend:

Hör' ich wie Rascheln von wachsendem Weizen die
Stimme,
Brennende Lunte des Glücks, lebendig und zart
Zwischen unbezähmbaren Steinen, den Laut, drin ich
schwimme
Wie in alten Gewässern, mit flüssigem Lichte gepaart,
Den Mund, der mich lange schon meint, der aus
melodischer Kehle
Umarmung und Hoffungen singt, denen ich ganz
mich befehle.«

Nun, ein halbes Jahrhundert danach, sinkt dieses glühende Panorama hinter den Horizont. Krolow verwirft es nicht. Er hat es erfahren und sprechend aufbewahrt. Er braucht es nicht mehr. Er hinterläßt es, und dennoch treiben Reste in seinem Gedächtnis, eine Art Unrat, der den Abschied mit Lebensspuren versieht:

»Wer hat nun wen gemeint?
Was ist Meinung im Gedränge?
Ansichten gibt's eine Menge,
wenig tauglich, wie es scheint.«

Er wurde immer leiser und seine Beweglichkeit deshalb immer deutlicher, eben weil er sie zurücknahm, mit ihr sparte. Krankheiten plagten ihn, und irgendwann nahm er an unserer Darmstädter Jury-Sitzung nicht mehr teil, schickte aber weiter Botschaften, nannte die Bücher seiner Wahl. Ab und zu kam ein Brief in seiner nie flüchtigen, sehr beweglichen Schrift. Abschiede. Am 16. 10. 1997 schrieb er: »Mein Lieber, Du wirst auf der Messe sein. Aber ich möchte Dir schreiben, soweit ich so etwas noch zustande bekomme mit meiner Kopfkrankheit, und in wenigen Zeilen für alles danken, was Du für mich tatest. (...) Es gelingt mir nichts mehr bei der cerebralen Angiopathie. Ich sehe Dich als *ganz* Jungen vor mir (...) und ich habe Deinen Gedichtband vor mir. Daß wir sehen – unser Leben.«

Wieder nimmt er die Bühne in Anspruch und installiert, um mir die sanfte Beständigkeit seiner Freundschaft zu versichern, eine zweite, um Jahrzehnte entfernte Bühne, auf der er den *ganz* Jungen auftreten läßt. Der soll ihn von seinem Anfang her sehen, noch nicht jenseits der Grenze, das nicht, aber sehr leicht und hinfällig und beweglich wie ein Schatten. »Unser Leben.« Mit diesem »unser« erklärt er den Jüngeren in einer einzigen einholenden Geste zum Gefährten.

Ich hatte, als mich der Brief erreichte, keine Ahnung, wie entschlossen und verzweifelt Karl Krolow den Wörterraum, seine Bühne, nun besetzt hielt. Er hatte im August 1996 dieses lyrische Tagebuch begonnen, und dies wohl mit dem Vorsatz, der Angst und der Qual Herr zu sein und spielend dem Tod gegenüberzutreten, wenn schon, ihm sprechend anheimzufallen: »Wörter kommen zu Wort.« Immer in Bewegung. In der Bewegung sich öffnend, leicht werdend. So ist der Leichtigkeit – sie ist Programm der Lyrik Krolows – gleich das zweite Gedicht gewidmet: »Ist sie nicht schließlich der Lohn / für einen Lebensverlauf.«

Nicht wenige Passagen seines lyrischen Tagebuchs widersprechen diesem Resümee. Der da zum letzten Mal auftritt, ist nicht allein, nur wird, was er aufruft, nicht sichtbar. Nicht einmal die Blumen aus dem wie eine vollkommene Gegend erinnerten Garten Lucies. Der seine Tage zählende Dichter – und er zählt sie, indem er

dichtet – evoziert und löscht. Nichts hält mehr. Aber er bleibt beweglich. Ein poetischer Jongleur, der die Todesangst unterläuft. »Dasein – dieses Entwischen / der einen, andren Gefahr ...« Wer ihn beobachtet, die sonderbar geordnete Heftigkeit seiner Gesten, wer ihn singen, spotten, flehen, fluchen hört, gibt – und das ist erstaunlich – die Angst um ihn auf. Die Gedichte, die er Tag für Tag schreibt, sind nicht mehr nur Gedichte, sie haben sich befreit von der Anstrengung, ein Gedicht sein zu wollen. Die Verse reimen sich, beiläufig, tönende Helfer einer ungeheuerlichen Litanei.
Ich kenne kein vergleichbares Gedichtbuch. In ihm ist nicht vom Überleben die Rede und nicht vom Weiterleben. Ein Bewußtsein ohne jegliche Sicherheit sucht Halt, indem es bei denen bleibt, mit denen es die Zeit begriff und sie sich vertrieb: bei den Wörtern. Nicht der Tod ist es, den der Dichter fürchtet, sondern das Schweigen.
Nun erinnert mich der Dichter auf der Bühne doch wieder an Baptiste. Er wird wortlos über die Grenze springen. Ihm bis dahin zuzuhören schmerzt. Aber es gelingt ihm, dem Schmerz das Gewicht zu nehmen und Melancholie und Ironie ohne Mühe zu vereinen:

»Worte, die immer leichter
einem vom Munde gehn.
Die groben Worte streicht er.
Und noch hat niemand gesehn,

daß sie über die Lippen kamen
einem wie ihm, der ganz leicht
spricht und Namen um Namen
mit Leichtigkeit erreicht.

Namen gewiß, die ihm teuer,
die ihm gefällig sind,
Namen, mit denen ein scheuer
Mann erst richtig zu leben beginnt.«

Die letzte Strophe hält uns noch fest, da ist er schon von der Bühne verschwunden. Mit dem Leben aus dem Leben.

Peter Härtling

# Editorische Notiz

Karl Krolows Gedichte, entstanden zwischen August 1996 und Mai 1999, sind nach der Chronologie ihrer Entstehung geordnet. Für die Edition des Nachlaßbandes wurden die originale Schreibweise und die Zeichensetzung des Dichters weitgehend beibehalten, so daß Inkonsequenzen, vor allem im orthographischen Bereich, in Kauf zu nehmen waren. Was die Verwendung von »ss« bzw. »ß« betrifft – Krolows Handschrift kennt nur »ss« –, haben die Herausgeber nach den Regeln der alten Rechtschreibung entschieden, um die Einheitlichkeit zwischen den bisher erschienenen Gedichtbänden und diesem Band zu gewährleisten. Offenbare Fehler Krolows wurden korrigiert.

# Alphabetisches Verzeichnis der Gedichttitel

# Inhalt

## Karl Krolows Werk im Suhrkamp Verlag
## Eine Auswahl

Gesammelte Gedichte. 4 Bände
1965-1997

Als es soweit war. Gedichte
1988

Auf Erden. Frühe Gedichte
Mit einem Nachwort von Karl Krolow
1989

Etwas brennt. Gesammelte Prosa
1994

Fremde Körper. Neue Gedichte
1959

Herbstsonett mit Hegel. Gedicht, Lieder etc.
1981

Ich höre mich sagen. Gedichte
1992

Im Gehen
1981

In Kupfer gestochen. Observationen
1987

Meine Gedichte
1990

Minuten-Aufzeichnungen
1968

Nacht-Leben oder Geschonte Kindheit
1985

Schattengefecht
1964

Unsichtbare Hände. Gedichte 1959-1962
1962

Die zweite Zeit. Gedichte
1995

Zwischen Null und Unendlich. Gedichte
1982